낭송 변강쇠가 / 적벽가

낭송Q 큰글자책 시리즈 판소리편 02
낭송 변강쇠가 / 적벽가

발행일 초판2쇄 2023년 7월 5일(癸卯年 戊午月 甲子日) | **풀어 읽은이** 이현진, 최정옥 |
펴낸곳 북드라망 | **펴낸이** 김현경 | **주소** 서울시 종로구 사직로8길 24 1221호(내
수동, 경희궁의아침 2단지) | **전화** 02-739-9918 | **팩스** 070-4850-8883 | **이메일**
bookdramang@gmail.com

ISBN 979-11-90351-61-4 04810 979-11-90351-56-0(세트)

책으로 여는 지혜의 인드라망, 북드라망 www.bookdramang.com

낭송
Q
큰글자책 시리즈

판소리편
02

낭송
변강쇠가 / 적벽가

이현진
최정옥
풀어
읽음

고미숙
기획

티

▶낭송Q 큰글자책 시리즈 『낭송 변강쇠가/적벽가』 사용설명서◀

1. '낭송Q'시리즈의 '낭송Q'는 '낭송의 달인 호모 큐라스'의 약자입니다. '큐라스'(curas)는 '케어'(care)의 어원인 라틴어로 배려, 보살핌, 관리, 집필, 치유 등의 뜻이 있습니다. '호모 큐라스'는 고전평론가 고미숙이 만든 조어로, 자기배려를 하는 사람, 즉 자신의 욕망과 호흡의 불균형을 조절하는 능력을 지닌 사람을 뜻하며, 낭송의 달인이 호모 큐라스인 까닭은 고전을 낭송함으로써 내 몸과 우주가 감응하게 하는 것이야말로 최고의 양생법이자, 자기배려이기 때문입니다(낭송의 인문학적 배경에 대해 더 궁금하신 분들은 고미숙이 쓴 『낭송의 달인 호모 큐라스』를 참고해 주십시오).

2. 낭송Q시리즈는 '낭송'을 위한 책입니다. 따라서 이 책은 꼭 소리 내어 읽어 주시고, 나아가 짧은 구절이라도 암송해 보실 때 더욱 빛을 발합니다. 머리와 입이 하나가 되어 책이 없어도 내 몸 안에서 소리가 흘러나오는 것, 그것이 바로 낭송입니다. 이를 위해 낭송Q시리즈의 책들은 모두 수십 개의 짧은 장들로 이루어져 있습니다. 암송에 도전해 볼 수 있는 분량들로 나누어 각 고전의 맛을 머리로, 몸으로 느낄 수 있도록 각 책의 '풀어 읽은이'들이 고심했습니다.

3. **낭송Q 큰글자책 시리즈**는 고령자와 저시력자를 위해 낭송Q 시리즈 책들의 활자와 판형의 크기를 키워서 제작한 시

리즈입니다. 낭송Q 큰글자책 시리즈에서는 기존에 출간된 낭송Q 시리즈의 책들을 책의 성격에 따라 재배치하여 독자들이 관심 있는 분야의 고전들을 쉽게 찾아 읽을 수 있도록 하였습니다. 아래의 목록을 참조하셔서 낭송할 큰글자책 고전을 골라 보시기 바랍니다.

▷ **판소리편** :『낭송 춘향전』,『낭송 변강쇠가/적벽가』,『낭송 흥보전』,『낭송 토끼전/심청전』

▷ **동의보감편** :『낭송 동의보감 내경편』,『낭송 동의보감 외형편』,『낭송 동의보감 잡병편 (1)』,『낭송 동의보감 잡병편 (2)』

▷ **고전소설편** :『낭송 삼국지』,『낭송 홍루몽』,『낭송 서유기』

▷ **제자백가편** :『낭송 도덕경/계사전』,『낭송 장자』,『낭송 열자』,『낭송 한비자』

4. 낭송은 최고의 휴식입니다. 소리의 울림이 호흡을 고르게 하고, 곧이어 몸과 마음이 평온해집니다. 혼자보다 가족과 친구, 연인과 함께하시면 더욱 효과가 좋습니다. 또한 머리맡에 이 책을 상비해 두시고 잠들기 전 한 꼭지씩만 소리 내어 읽어 보세요. 불을 끄고 자리에 누워서는 방금 읽은 부분을 낭송해 보세요. 개운한 아침을 맞을 수 있을 것입니다.

5. 『낭송 변강쇠가 / 적벽가』는 신재효 판소리 여섯 마당 중 『변강쇠가』(성두본 B)와 『적벽가』(성두본 B)를 대본으로 하여 독자들이 낭송하기 쉽도록 풀어 읽었습니다.

차 례

적벽가

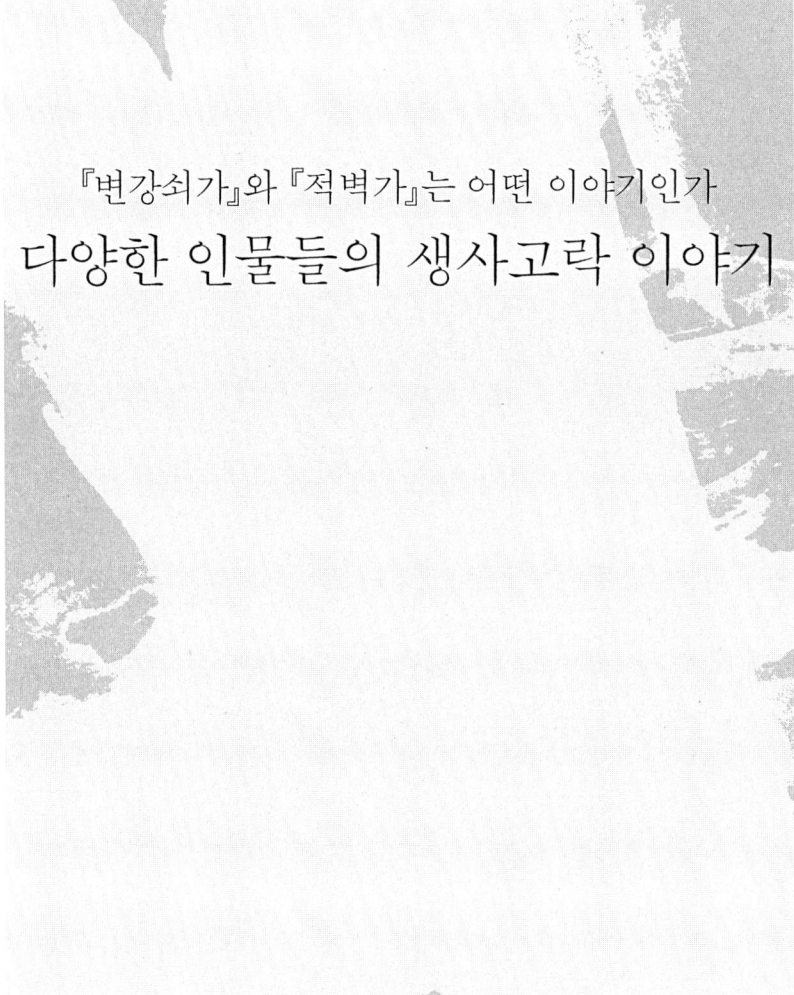

『변강쇠가』와『적벽가』는 어떤 이야기인가
다양한 인물들의 생사고락 이야기

1. 『변강쇠가』, 떠도는 자들의 삶과 운명을 이야기하다

"죄인 잡는 군졸인가 둥근 갓을 붉게 쓰고, 냇물 가의 방아인지 떨구덩 떨구덩 끄덕인다. 송아지 말뚝인지 털 고삐를 둘렀구나. 감기에 걸렸는지 맑은 코는 무엇이냐."(기물타령)

"상투 풀어 산발하고, 혀 빼어 길게 물고, 짚단같이 부은 몸에 피고름이 낭자하네, 강쇠 기물 주장군은 쓸모없이 그저 뻣뻣, 목구멍에 숨소리 딸깍, 콧구멍에 찬바람 왱, 마지막 숨 내쉬고서 장승 죽음 하였구나."(강쇠의 죽음)

"짊어진 송장짐이 셋으로 나뉘었구나. 위아래 두 도막은 땅에 절퍽 떨어지고, 가운데 한 도막은 고목나무 매미처럼 끈덕지게 달라붙어 암만해도 뗄 수 없다. 하늘이 토해 내는 푸른 폭포 칼날 바위 한걸음에 찾아가서 등 대고 비비는데, 그 사설 한번 들어보자. 어기여라 갈자꾸나!"(갈이질 장면)

『변강쇠가』의 일부분이다. 첫번째 인용문은 남성

성기를 묘사한 것이고, 두번째는 변강쇠의 죽음을
표현한 것이다. 세번째는 덥득이가 등에 붙은 송장
을 땅에 떨어뜨리기 위해 시체를 바윗돌에 갈고 있
는 장면이다. 에두르거나 가리는 포즈를 취하지 않
은 채 지극히 솔직하고 자연스럽고 생생하게 성과
주검에 대해 표현하고 있다. 『변강쇠가』는 하층민들
의 성性과 죽음에 관한 문제를 전면적으로 다루고 있
는 텍스트이다. 그 어떤 텍스트가 이보다 더 노골적
이고 강렬할 수 있겠는가?

놀라운 것은 이 민망한(?) 텍스트가 여러 청중들
을 향해 공공연하게 불렸다는 점이다. 『변강쇠가』는
19세기 중반부터 20세기 초반까지 소리마당에서 불
렸던 판소리 중의 하나이다. 19세기 중엽의 최고 소
리꾼인 송흥록과 장자백, 20세기 초반의 명창 전도
성과 유창렬이 『변강쇠가』를 잘 불렀다고 한다. 적
어도 19세기 사람들에게 이런 문제를 은밀하게 혹은
남몰래 홀로 봐야 한다는 금기는 없었던 것이다.

그러던 차 20세기의 어느 날 『변강쇠가』는 여러
사람들이 함께 공감하며 즐기는 마당에서 슬그머니
사라지고, 박물관의 유물처럼 연구자료로만 취급되
었다. 현전하는 판소리 여섯 마당 중 『춘향가』, 『심청가』, 『박타령』, 『수궁가』, 『적벽가』는 판소리로 공연될 뿐만 아니라 여러 이본들이 존재하는 데 반해, 『변강쇠가』의 경우는 사설만 남고 소리는 사라진 것이다. 그나마 노랫말도 19세기 후반 신재효의 채록 덕분에 겨우 살아남을 수 있었다. 그래도 1930년대까지는 『변강쇠가』가 창극으로 공연되었다고 하니, 광장의 놀이판에서 밀려난 것은 그 이후라고 할 수 있다.

아마도 성과 죽음에 대한, 이 솔직한 담론을 공공연하게 수용하기 어려웠던 까닭에 소리와 마당을 잃어버린 것인지 모르겠다. 『변강쇠가』에서 표현하는 바, 성기 묘사나 죽어가는 장면, 시체를 처리하는 모습 등은 원초적이고 자연스럽고 생리적인 것인데도 오늘날은 드러내 놓고 말하기 꺼리는 문제들이다. 공공연하게 말해서는 안 될 금기사항이라고 할까? 근대가 시작된 이후 오히려 이런 이야기는 은밀하고 사적으로 전해지는 게 상식이 되었다. 심지어 이런 부분을 혼자서 묵독할 때조차 민망하다고 여기는 경우가 적지 않으니, 19세기 사람들과 우리 근대인들의 감각은 매우 다름에 틀림없다.

소리와 마당을 잃어버린 판소리 『변강쇠가』는

1980년대 에로영화 붐을 타고 새로운 모습으로 홀연히 대중 앞에 나타나게 된다. 그야말로 19금 캐릭터, 정력과 성욕의 화신으로 분한 변강쇠와 옹녀가 등장하는 영화가 1986년에 상영되면서 『변강쇠가』는 장안의 화제가 되기 시작한 것이다. 그런데 영화 〈변강쇠〉가 에로틱한 부분만 강조한 탓에 판소리 『변강쇠가』의 그 원초적이고 야생적인 움직임과 생물학적인 신체성은 저 너머로 실종되고 말았다. 성기와 주검에 대한 생생한 표현을 에로틱한 몸짓과 분위기로 가려 버린 것이다. 이 때문에 『변강쇠가』는 묘한(?) 호기심의 대상으로 취급될 뿐, 진지한 텍스트로서의 읽기가 시도된 경우는 거의 없었다.

판소리 『변강쇠가』의 내용은 우리가 기대하는바, 에로 버전과는 완전히 거리가 멀다. 물론 성기와 성애에 관해 깜짝 놀랄 정도로 거침없는 입담을 발휘하지만, 이것만이 『변강쇠가』의 전부라고 말할 수는 없다. 한마디로 『변강쇠가』는 유랑하는 하층민들의 삶과 운명을 다루고 있는 서사시이다.

여주인공 옹녀는 결혼하는 남자마다 죽게 되는 청상과부살의 운명을 타고났다. 옹녀가 만난 남성들은 매독으로 죽고, 문둥병으로 죽고, 끌려가서 죽고,

비상 먹고 죽는 등 심상치 않은 곡절을 안고 죽는다. 급기야 옹녀의 상부살로 인해 남정네들이 모두 죽자 마을 여인들은 집을 허물고 옹녀를 추방한다.

유랑민 신세가 된 옹녀는 청석관 길 위에서 남주 인공 변강쇠를 만난다. 변강쇠 또한 기둥서방질하 며 길 위를 떠도는 자다. 천하의 정력가 강쇠와 천하 의 옹녀는 서로 마주친 즉시 부부의 연을 맺는다. 달 리 무엇이 필요하겠는가? 믿을 거라곤 몸뚱이 하나 뿐인 자들, 그들의 생활 의지와 생존 본능을 『변강쇠 가』는 '성 본능'으로 드러내고 있는 것이다. 그런 점 에서 옹녀가 '상부살'이라는 팔자를 타고났으면서도 끊임없이 개가改嫁를 하는 것은 음란하기 때문이 아 니라 생계를 이어나가기 위한 생존 본능이라고 볼 수 있다.

먼저 변강쇠가 옹녀의 기물器物을 보고 말한다. "곶감 있고, 으름 있고, 조개 있고, 영계 있고, 제사 장은 걱정 없다." 그러자 옹녀도 지지 않고 변강쇠의 기물을 가리키며 말한다. "물방아, 절굿대, 쇠고삐, 걸랑 주머니, 세간 걱정할 것 없네." 둘은 서로의 성 기를 보고 '제사장'과 '세간살이'를 떠올린다. 하여 노골적인 성기묘사임에도 불구하고 야하다는 생각은 들지 않는다. 변강쇠와 옹녀에게 성은 은밀한 쾌락이 아니라 생활의 일부였기 때문이다.

주목할 것은 새로운 남편을 만날 때마다 옹녀의 삶은 더 아래로 전락한다는 사실이다. 조선 후기 하층민 여성의 삶은 녹록지 않았다. 옹녀는 포구를 다니며 들병장사, 막장사, 낮부림, 넉장질을 하여 돈을 모으는데, 변강쇠는 걸핏하면 싸움질에 노름으로 돈을 탕진한다.

옹녀는 변강쇠의 목숨이 위태롭다 여겨 지리산 속으로 들어가 정착한다. 옹녀는 변강쇠와 백년해로하기 위해 부지런히 화전을 일구며 생계를 마련하지만 천하의 잡놈 변강쇠는 게으른 데다 무능하기 짝이 없다. 또 걸맞지 않게 여필종부女必從夫: 아내는 반드시 남편을 따라야 한다는 말를 강요하며 철저히 가부장적이기까지 하다. 변강쇠와 옹녀는 정착 욕망 때문에 결국 파국에 이르고 만다.

변강쇠는 땔나무를 해오라는 옹녀의 말을 듣고는 땔감으로 장승을 통째로 뽑아온다. 장승은 마을 어귀를 지키는 수호신이다. 변강쇠는 마을공동체에 들어갈 수 없는 '위험한' 존재로 마을을 향해 심각한 도전을 한 것이다. 옹녀나 강쇠는 마을에 정착해서 살 수 없는 신체들이다. 마을은 이들에게 적대적이고 이들을 받아들이지 않는다. 그러니 마을 안으로 들어가는 건, 이들에게는 파국이자 죽음이다. 생존하려면 길 위를 떠돌아야 한다.

이 생존 본능을 포기했을 때 죽음을 맞이한다. 변강쇠는 장승의 동티로 온몸 구석구석 심각한 병을 안고 죽음을 맞이한다. 하지만 죽어서도 옹녀에게 수절과 봉제사를 강요한다. 삶은 떠돌이지만 영혼만은 정착민 가부장을 희구하는 것이다. 이 희구가 너무나 강렬하여 옹녀에게 접근하는 사내들을 모조리 그 자리에서 즉사하게 만든다. 옹녀에게 홀딱 반해 송장을 처리하러 왔던 초라니, 중, 사당패들은 모두 떠돌이들이다. 변강쇠는 이들에게서 정착민이고자 하는 희구를 본 것이다. 천하의 오입쟁이들을 징치懲治하는 것처럼 보이지만, 실은 길 위의 사내들이 길 위의 여인과 정착을 꿈꿀 때 비극이 시작됨을 말하는 것이다.

가장 강력하게 정착민 가부장의 흉내를 냈던 변강쇠는 땅에 묻히지도 못하고 결국 시신이 산산히 갈려 사방으로 흩어져 버린다. 시신도 떠돌이답게 가루가 되어 날아간 것이다. 이렇듯 철저하게 떠돌이는 떠돌이로 죽음을 맞이한다.

상부살 옹녀는 변강쇠의 송장을 치우고 아무 언급도 없이 사라진다. 『변강쇠가』는 옹녀에게만은 관대하다. 특이하게도 옹녀는 변강쇠의 시신에 달라붙지 않았던 것이다. 송장 치르는 일에 이골이 난 옹녀, 그녀의 신산한 삶을 조문해서였을까? 옹녀는 시신을 잘 치르고 텍스트로부터 사라진다. 그녀가 어디로 갔는지 아무도 모른다. 물론 그녀가 갈 곳은 길밖에 없을 것이다. 옹녀는 다시 길 위에서 생존을 위해 몸을 던질 것임에 틀림없다. 사는 일보다 더 위대하고 존엄한 건 없기 때문에.

이렇듯 『변강쇠가』 도처에서 죽음과 시체가 등장한다. 한데 『변강쇠가』에서 죽음을 다루는 태도는 지금과는 사뭇 다르다. 우리는 죽음을 삶과는 대치되는 허무와 공포라고 생각한다. 그래서 죽음에 대해서 말하기를 꺼려한다. 하지만 『변강쇠가』에서는 죽음을 너무도 태연하게 그려낸다. 목숨을 가볍게 여겨서가 아니다. 근대 이전에 죽음은 삶의 또 다른 모습이며 연장이었기 때문이다.

『변강쇠가』는 판소리 안에서도 순전히 하층 유랑민들의 삶에 포커스를 맞춘 특이한 작품이다. 떠돌이들의 삶을 그리다 보니 그 이야기는 비참하기 짝이 없다. 다른 판소리가 해피엔딩으로 끝나는데 반해 『변강쇠가』는 등장인물이 죽거나 사라지는 비극적인 결말을 맞는다. 그런데 아이러니한 것은 사람들이 『변강쇠가』를 읽으면서 연신 유쾌해한다는 점이다. 그 이유는 주인공들이 고통을 고통으로만 여기지 않으면서 자신의 운명을 씩씩하게 짊어지고 가기 때문이다. 그렇기 때문에 그들이 하는 말은 재미있다. 일단 『변강쇠가』의 등장인물들은 하나같이 말이 많고 입담이 살아 있다. 자신이 느끼는 희로애락을 온갖 사자성어와 역사적 사건들, 의학지식을 동원해서 푸짐하게 풀어 놓는다. 그들은 삶의 애환을 가슴속의 응어리로 간직하지 않고 가볍고 경쾌하게 전달하는 능력을 발휘한다.

이에 비하면 우리시대의 말들은 너무 무겁고 빈약하다. 자신에 대해 말할 때도 몇 마디를 넘기지 않는다. 특히 자신의 아픔에 대해서는 입을 꾹 다물거나 상담사를 찾아간다. 또한 성과 죽음이 중요한 일상의 문제임에도 겉으로 드러내기 꺼려한다. 그렇게 해소되지 않은 말들은 가슴속에 응어리져서 상처로 남거나 왜곡되어 망상이 된다. 이 상처와 망상은 달리 치유할 방법이 없다. 우선 입 밖으로 꺼내서 말로 풀어내야 한다. 물론 쉽지 않은 일이다. 자신의 치부를 드러내는 것 같아 부끄럽고, 사람들이 어떻게 받아들일지 걱정되기 때문이다. 이때『변강쇠가』의 도움을 받아 보면 어떨까. 비참한 현실을 해학으로 풀어내는『변강쇠가』를 한 자 한 자 또박또박 낭송하면서 호흡을 조절하고, 정서적 긴장을 이완시키다 보면 어느 순간 가슴속에 응어리졌던 말들이 나도 모르게 유쾌한 유머로 튀어나오게 되지 않을까.

3.『적벽가』, 이것은 삶에의 아우성

『변강쇠가』에서 본 하층민의 살아 있는 목소리는 이 책에 수록된 다른 판소리인『적벽가』에서도 찾을 수 있다. 이것이 서민오락의 최고봉이었던 판소리의 장점이기도 하고,『변강쇠가』와『적벽가』가 하나로 묶이는 지점이기도 하다.

　『적벽가』赤壁歌는 잘 알려져 있다시피 나관중의 역사소설『삼국지연의』三國志演義(이하『삼국지』)의 한 장면인 적벽대전을 따로 떼내어 판소리 사설로 만든 것이다. 『삼국지』를 사랑하는 우리나라 사람들의 입맛에 맞게, 소설에서 가장 정채精彩롭고 흥미진진한 '적벽대전' 부분을 선택해 각색한 것이다.

적벽대전은 양자강의 지류인 적벽강 위에서 벌어졌던 강상江上 전투로, 조조의 위군魏軍에 대항해 촉蜀의 유비와 동오東吳 손권의 연합군이 싸운 전투다. 우리가 익히 아는 유비, 관우, 장비, 제갈공명 외에도 정욱, 장료, 허저(이상 위군), 주유, 노숙, 조자룡, 황개(이상 촉오 연합군) 등등 기라성 같은 장군들이 등장하는 그야말로 삼국시대 별들의 전쟁이다.

판소리 『적벽가』는 유비가 제갈공명을 얻기 위해 그의 초려草廬에 세 번을 찾아간 이야기부터 공명이 손권과 연합을 꾀하기 위해 오나라에 건너가는 부분, 공명과 오나라의 명장 주유가 서로 계책을 다투는 부분, 적벽강 전투 장면과 조조군의 패퇴 장면 등이 다루어지며, 끝으로 화용도에서 관우가 막다른 길에 몰린 조조를 공명의 예언처럼 풀어주는 장면으로 맺는다.

이런 일화들은 소설 『삼국지』에 나오는 바다. 그런데 『적벽가』에는 소설에서는 눈 씻고도 찾아볼 수 없는 장면들이 삽입되어 있다. 그것이 이 판소리의 가장 큰 미덕이라고 할 수 있을 텐데, 바로 전쟁터에 억지로(?) 끌려와 참전하게 된 병사들의 사연이다. 원래 『삼국지』는 영웅들이 치르는 전쟁의 대서사시라고 할 수 있는 작품이며, 그 속에서 일반 군졸들은 '팔십만 대군'이나 '삼천 군사', 혹은 몰살당하거나 토성을 쌓거나 땅굴을 파는 군사 같은 집합명사로 등장할 뿐이다.

하지만 『적벽가』는 이 일반 병사 한 명 한 명에게 생생한 목소리를 부여한다. 예컨대 적벽대전을 앞두고 조조 진영에서 펼쳐진 사기 진작을 위한 잔치 장면을 보자. 술판이 벌어지는 중에 군졸들은 전쟁터에 갑자기 끌려와 몇 년째 고향으로 돌아가지 못하는 자신들의 신세를, 서로 자기 이야기를 들어보라며 풀어 놓는다. 그 구구절절한 애환을 보면, 늙은 부모 봉양하다 끌려왔으니 언제 연로한 부모님이 돌아가실지 모른다는 노심초사, 5대 독자로 태어났는데 자식이 없다가 지극정성 공들인 끝에 겨우 아들을 보았는데 전쟁터에 끌려온 지 수년 이제 아들을 만나도 자신이 아비인 줄 모르지 않겠냐는 설움, 혈혈단신으로 고생하다가 어여쁜 처자 만나 결혼하고 금슬이 너무 좋아 하루도 안 빼놓고 마주앉아 밥 먹고 꼭 껴안고 잠 자면서 잠시도 이별 말고 한 무덤에 묻히자 했는데 그런 아내를 두고 왔으니 못 살겠다는 한탄, 모진 고생 끝에 늘그막에 결혼식을 치르고 남녀간의 화합을 맛볼 찰나에 잡혀 왔다는 얘기 등등, 다른 모습만큼이나 다른 사연들이 군사들 입에서 쏟아져 나온다.

이 장면뿐 아니라 병사들의 이야기는 조조군이 적벽강 전투에서 크게 패배한 뒤, 육지로 올라가 말을 타고 도망가는 부분에서도 등장한다. 수전水戰에서 대패하고, 오림에서 매복한 조자룡에게 일격을 당한 조조가 호로곡에서 남은 군사들을 점호點告하는 장면이다. 조조의 책사인 정욱은 점호를 하라는 조조의 말에 이렇게 대답한다. "여기 하나, 저기 하나, 모퉁이에 한 놈, 나무 밑에 한 놈, 부싯돌 치는 놈 하나, 승상님 하나, 나 하나, 모두 일곱이오."

조조는 83만 대군이 다 죽었을 리 없다며 점호한다는 신호를 울려 여기저기 흩어져서 쫓아오는 병사들을 모으라고 하고, 이렇게 모인 후 점호를 하는 장면에서, 적벽강의 불구덩이와 조자룡의 창에서 겨우겨우 살아남아 온 병사들의 "군사의 본새가 아니라 유리걸식하는 유랑민의 본새"가 그려진다.

생지옥과 같은 전장에서 죽지 않고 살아온 병사들은 점호에 답하며 자신의 사연을 풀어 놓는다. 그중 한 사연만 살짝 보자. 조조 앞에서 입으로만 "절이요" 할 뿐 고개를 숙이지 않는 병사에게 어디서 배운 절이냐고 묻자 그가 하는 말이다.

"선생 없이 스스로 배운 절이니, 내력 한번 들어보오. 적벽강 화염 피해 도망할 제, 얼마나 겁났던지 군복 뒷자락에 불 붙은 줄도 모르고 주먹 쥐고 한참을 뛰는데 뒷골 당기는 맛난 냄새 나길래 같이 가던 사람더러 자세히 보라 한즉, 목덜미가 다 익어서 힘줄이 다 오그라들어 발랑 젖혀 놓았기에 죽어도 앞으로 숙일 수가 없소."

이밖에도 팔다리가 부러진 병사, 솥단지로 조자룡의 창을 겨우 막아 살아 돌아온 병사, 적군에게 윤간을 당하여 항문 근육이 찢어진 병사 등등, 점호 중에 펼쳐지는 이들의 이야기는 삶과 죽음의 경계를 해학적으로 넘나든다.

이처럼 모든 전쟁에는 삶과 죽음이 오버랩되어 그 경계가 애매모호한 상황들이 펼쳐진다. 그리고 역설

적으로 바로 그런 상황에서 '삶'은 가장 선명해진다. 결기와 지혜와 덕 등으로 '죽음'을 두려워하지 않고 적들에 맞서는 영웅들의 삶은 아름답지만 또한 그러하기에 비현실적이며, 그 웅장함에는 웃음이 끼어들 틈이 없다. 반면 적벽강 불구덩이 생지옥에서 죽기도 하고, 겨우 살아남아 도망치기도 하며, 이 지긋한 전쟁이 끝나 어서 고향에 돌아가고 싶은, 목숨을 보존하는 일이 제일의 임무인 일반 병사의 삶은, 비록 비루하고 고되지만 현실적이며, 그 삶에의 욕망은 명랑을 만들어 낸다.

　어쩌면 판소리『적벽가』는, 소설『삼국지』속의 영웅들이 아니라, 이 영웅들이 만들어 낸 전쟁을 온몸으로 치러 내고 살아남은 병사들이야말로 삶의 주인공임을 개개의 사연을 통해 드러내고 있는 것이 아닐까. 그리고『변강쇠가』와 더불어『적벽가』가 드러낸 이 집합적 '군중' 혹은 '하층민' 속 한 사람 한 사람의 목소리를 소리 내어 낭송해 볼 때, 우리에게 온몸으로 전해지는 그들의 삶에의 의지가, 우리 자신에게도 삶에의 생생한 욕망을 불러일으킬 수 있기를 바라 본다.

이때에 변강쇠가 저 멀리서 오는구나.

천하의 잡놈으로 남쪽에서 빌어먹다 북쪽으로

가는 길에 청석관 골짜기서 두 남녀가 마주쳤다.

간악한 옹녀 년이 힐끗 보고 지나가니, 의뭉한 강

쇠 놈이 다정히 말을 건다.

"여보시오, 저 마누라 어디로 가시나요?"

순진한 계집이면 외간남자 희롱을 못 들은 체 가

련마는 노련한 계집이라 애교 섞인 콧소리로,

"남으로 가오."

강쇠가 계속 물어

"혼자 가시오?"

"혼자 가오."

"고운 얼굴 젊은 나이 혼자 가기 무섭겠소."

옹녀가 들으란 듯 애련히 말하기를,

"내 팔자가 무상하여 서방 죽고 자식 없어 함께

갈 길동무는 그림자뿐이지요."

"어허 불쌍하오! 당신은 과부시오? 나는 홀아비

니 둘이 살면 어떠하오?"

낭송Q 큰글자책 시리즈
판소리편
낭송 변강쇠가/적벽가

『변강쇠가』

『변강쇠가』

1부
변강쇠와 옹녀, 임자를 만났구나

1-1.
삼남 좆은 더 좋다더라!

근래에 묘한 일이 있던 것이었다.

평안도 월경촌에 옹녀란 계집이 있었으니 그 모습을 볼작시면, 아름다운 귀밑머리에 복사꽃 같은 고운 얼굴 어리었고, 훤한 미간은 초승달 빛 비치는 듯, 앵두 같은 고운 입은 주홍물감 콕 찍은 듯, 버들 같은 가는 허리 봄바람에 흐늘흐늘, 눈을 찡긋 웃는 모양 서시西施: 중국 춘추시대 월나라 미인를 닮았으며, 말하고 걷는 자태 포사褒姒: 중국 서주시대 미인가 질투하네. 그런데 계집년 팔자 험상키로 청상과부살靑孀寡婦殺 겹겹이 쌓여 있어 서방 초상 치르기를 징글징글 지긋지긋, 번갯불에 콩 구워 먹듯 하는구나.

열다섯에 얻은 서방 첫날밤에 힘쓰다가 죽고, 열여섯에 얻은 서방 매독으로 죽고, 열일곱에 얻은 서방 지랄병에 죽고, 열여덟에 얻은 서방 벼락 맞아 죽고, 열아홉에 얻은 서방 천하의 큰 도둑이라 이 집 저 집 담 넘다가 붙잡혀서 맞아 죽고, 스무 살에 얻은 서방 독약 먹고 세상 뜨니, 사내라면 치 떨리고 송장 치기 신물 난다.

이삼 년 걸러 가며 상부할지라도 소문이 흉악할 터인데, 한 해에 하나씩 줄초상을 치르니 그 내력은 이러하다. 기방에 기둥서방, 간음하는 간부間夫, 기생질 하는 애부愛夫, 옷만 걸고 사통한 놈, 순식간에 붙어먹은 놈, 입 한 번 맞춘 놈, 젖 한 번 쥔 놈, 손만 잠시 만져 본 놈, 심지어 치맛귀가 도포자락 스친 놈까지 사내라고 생긴 것은 결단이 나는구나. 한 달이면 열 명 넘어 일 년이면 백칠십 명이요, 윤달이 낀 해에는 이백 명이 죽어가네. 삼십 리 안팎에 상투 튼 놈 고사하고 열다섯 넘은 놈은 하나도 볼 수 없어 계집이 밭을 갈고 지붕을 이는구나.

사태가 이러하니 황해·평안 양도兩道의 여인들이 한데 모여 논의하되,

"이년을 뒀다가는 황해도·평안도에 좆 단 놈들 다시 없고, 여인국이 될 터이니 쫓을밖에 수가 없다."

여인들이 합세하여 집을 헐고 쫓아내니, 옹녀가 할 수 없이 쫓기어 가는구나. 그러한 처지에도 당당하기

그지없네. 파랑 봇짐 옆에 끼고 동백기름 잔뜩 발라 곱디곱게 땋은 머리 산호비녀 질렀으며, 나들이 장옷은 어깨에 걸터매고 행똥행똥 나오면서 혼자 악을 쓰는구나.

"어허, 인심 한번 흉악하다. 황해·평안 양서^{兩西} 아니면 살 데가 없겠느냐. 삼남_{三南 : 충청도, 전라도, 경상도 세 지방을 통틀어 이르는 말} 좆은 더 좋다더라!"

1-2.
과부와 홀아비가 함께 살면 어떠하오

옹녀가 혈혈단신 삼남으로 오는구나. 평안도 땅 중화 지나, 황해도 땅 황주 지나, 동선령 고개 넘어, 봉산·서흥·평산 지나, 금천의 떡전거리 달기우물 옆을 지나, 경기도 개성 근처 청석관에 도착했네.

이때에 변강쇠가 저 멀리서 오는구나. 천하의 잡놈으로 삼남에서 빌어먹다 양서로 가는 중에 청석골 좁은 길에서 옹녀와 마주쳤다. 간악한 옹녀 년이 힐끗 보고 지나가니, 의뭉한 강쇠 놈이 다정히 말을 건다.

"여보시오, 저 마누라 어디로 가시나요?"

순진한 계집이면 외간남자 희롱을 못 들은 체 가련마는 노련한 계집이라 애교 섞인 콧소리로,

"삼남으로 가오."

강쇠가 계속 물어

"혼자 가시오?"

"혼자 가오."

"고운 얼굴 젊은 나이 혼자 가기 무섭겠소."

옹녀가 들으란 듯 애련히 말하기를,

"내 팔자가 무상하여 서방 죽고 자식 없어 함께 갈 길 동무는 그림자뿐이지요."

"어허 불쌍하오! 당신은 과부시오? 나는 홀아비니 둘이 살면 어떠하오?"

"험상궂은 인생살이 청상과부 팔잔지라 다시 낭군 얻자 하면 궁합 먼저 볼 터이오."

"옛부터 동성동본은 혼인하지 않는다니 성씨가 무엇이오?"

"옹가요."

"나는 변서방인데 궁합을 잘 보기로 삼남에서 유명하니, 내가 한번 봐주리다. 무슨 해에 태어났소?"

"갑자생甲子生이오."

"나는 임술생壬戌生이오. 천간*으로 보자 하면 갑목은 큰 나무요 임수는 큰 호수라. 물이 나무를 살려주니

---

* 천간 (天干) 또는 십간 (十干)은 지지와 함께 간지를 이루며 갑(甲), 을(乙), 병(丙), 정(丁), 무(戊), 기(己), 경(庚), 신(辛), 임(壬), 계(癸)를 말한다. 또 갑과 을은 오행에서 목(木)에, 병과 정은 화(火), 무와 기는 토(土), 경과 신은 금(金), 임과 계는 수(水)에 배속되어 있다.

좋네. 납음사주에서 생년 간지가 소속하는 오음(五音)으로 얘기하면 임술壬戌 계해癸亥 대해수大海水·갑자甲子 을축乙丑 해중금海中金이라. 계곡에 물 흐르는 형상이니 좋소이다. 궁합 이리 잘 맞으니 아주 천생배필이오. 오늘 마침 기유일己酉日로 음양이 교합하니 더 두고 볼 것 없이 혼례를 치릅시다.”

옹녀가 허락한 후 청석관을 처가妻家 삼아 둘이 손을 마주잡고, 바위 위에 올라가서 대사를 치르는데, 신랑신부 두 연놈이 이력이 있는지라 이런 야단 없겠구나. 멀끔한 대낮에 연놈이 훨썩 벗고, 음탕한 강쇠 놈이 옹녀 다리 번듯 들고, 옥문관을 굽어보며 목청껏 타령하니 그 내용이 이러하다.

1-3.
기물가와 사랑가로 농탕치며 노는구나

"이상히도 생기었다. 맹랑히도 생기었다. 늙은 중의
입인지 털은 돋고 이는 없다. 소나기를 맞았는지 언
덕 깊게 파이었다. 콩밭 팥밭 지났는지 돔부꽃이 비
치었다. 도끼날로 내리쳤나 금 바르게 터져 있다. 웅
덩이 옆 논밭인지 물이 항상 고여 있다. 무슨 말을 하
려기에 옴질옴질 하고 있나. 용을 닮은 산맥 끝에 주
먹바위 신통하다. 푸른 물결 넘실대는 바닷속 조개인
가 혀를 삐쭘 빼물었네. 임실 곶감 먹었는지 곶감 씨
가 남았구나. 깊은 산중 으름덩굴 농익은 열매 하나
먹기 좋게 벌어졌다. 영계탕을 먹었는지 닭볏이 붙었
구나. 명당明堂을 파헤쳤나 더운 김이 그저 난다. 무엇
이 즐거운지 반쯤 웃어 두었구나. 곶감 있고, 으름 있
고, 조개 있고, 영계 있고, 제사장은 걱정 없다."

옹녀가 웃으면서 앙갚음을 하느라고 강쇠 기물器物 가리키며,

"이상히도 생기었네, 맹랑히도 생기었네. 벼슬아치 행차할 때 길을 트는 사람인가. 쌍으로 된 주머니를 딸랑딸랑 걸어 찼네. 오군영五軍營의 죄인 잡는 군졸인가, 둥근 갓을 붉게 쓰고, 냇물가의 방아인지 떨구덩 떨구덩 끄덕인다. 송아지 말뚝인지 털 고삐를 둘렀구나. 감기에 걸렸는지 맑은 코는 무엇이냐. 성격도 고약해서 화나면 눈물 찔찔. 어린 아이 병 걸렸나 젖은 어찌 게웠으며, 제사에 쓴 숭어인지 꼬챙이 구멍 뚫렸구나. 뒷절 큰방 노승인지 민대가리 둥글둥글. 예절바른 사내아이 꼬박꼬박 절을 하네. 고추 찧던 절굿댄지 검붉기 그지없다. 칠팔월 알밤인지 두 쪽 한데 붙어 있다. 물방아, 절굿대, 쇠고삐, 걸랑 주머니 세간 걱정할 것 없네."

강쇠가 크게 웃으며,

"우리 둘이 비겼으니 이번에는 등에 업고 사랑가로 놀아 보세!"

옹녀가 대답하되,

"남자는 하늘이고 여자는 땅이라니, 낭군 먼저 업으시오."

강쇠가 좋다구나 옹녀를 들춰 업고 가끔가끔 돌아보

며 사랑가로 농탕치네.

"사랑, 사랑, 사랑이야! 주나라 유왕幽王 나니 절세미인 포사 났고, 하나라 걸왕桀王 나니 경국지색 말희妹喜 났고, 은나라 주왕紂王 나니 천하가인 달기妲己 났고, 오나라 왕 부차夫差 나매 천하일색 서시 났고, 당나라 현종 나매 귀비貴妃 났고, 여포呂布 나매 초선貂蟬 났고, 호색好色 미남 내가 나매 호색 미녀 네가 났네! 네 무엇을 원하느냐!

어둔 밤에 불 밝히는 야광구슬 주어볼까. 천하제일 보물이라 화씨벽和氏璧을 주어볼까. 하늘이 알고 신이 알고 내가 알고 네가 아는 생금덩이 주어볼까. 우연히 얻은 보물 은항아리 주어볼까. 부귀공명 입신출세 상평통보 주어볼까. 누런 빛깔 호박보석 노리개를 주어볼까. 산호비녀 금가락지 갖은 패물 주어볼까.

네 무엇을 먹고프냐! 둥글둥글 수박덩이 꼭지를 떼 버리고 강릉 백청白淸 좋은 꿀을 따르르 쏟아 부어, 은 수저로 휘휘 저어 씨는 다 발라내고 알맹이만 덤뻑 떠서 네 입에 넣어주랴. 시금털털 개살구 아이 서게 넣어주랴. 알맹이만 쪽 빨아서 껍질 꼭지 탁 뱉으면 담벼락에 척척 붙는 홍시 입에 넣어주랴. 신선이 먹는다는 무릉도화 복숭아를 네 입에 넣어주랴. 참외, 배, 오이, 가지 온갖 것을 먹으려느냐."

한참을 어르더니 옹녀를 내려놓고 강쇠가 문자 쓰며,

"여필종부女必從夫: 아내는 반드시 남편의 뜻을 따라야 한다는 말 한

다 하니 자네도 날 업어주소."

옹녀가 강쇠 업고 슬금슬금 까불면서 사랑가를 하는

구나.

"사랑, 사랑, 사랑이야! 태산같이 높은 사랑, 바다같

이 깊은 사랑, 나랏님 곳간에다 쌀가마 모은 듯이 다

물다물 쌓은 사랑, 직녀가 짠 비단같이 올올이 맺힌

사랑, 모란화 송이같이 펑퍼져 버린 사랑, 돛단배 닻

줄같이 타래타래 꼬인 사랑. 내가 만일 없었다면 풍

류남자 우리 낭군 짝 없는 봉황 되고, 임을 내가 못 봤

으면 녹수에 홀로 노는 짝 잃은 원앙일세. 기러기가

물을 보고 꽃이 나비 만났구나. 암수 서로 정다우니

좋을시고, 좋을시고! 신혼방은 무엇하게 넓적바위 더

욱 좋다. 대궐집도 내사 싫소, 청석관이 신방이네!"

1-4.
산에 들어가 사람답게 살아보세

연놈 장난 이러할 제 재미있는 그 노릇이 한두 번에
그칠쏘냐. 남들 열흘 걸릴 일을 당일에 다한 후에 두
연놈이 마주앉아 살림살이 의논한다.
"오입쟁이 우리 내외 궁벽한 산골에서 땅 파먹고 살
수 있나 도회 나가 살아보세."
"내 뜻도 그러하오."
두 부부가 손목 잡고 이곳저곳 떠돌 적에 첫째는 원
산元山, 둘째는 강경江景, 셋째는 포주浦州, 넷째는 법성
法聖 두루두루 다녔구나. 옹녀가 애를 써서 얼굴로 아
양 떨고 술장사에 봇짐장사 갖은 고생 다하면서 목돈
을 마련하면, 변강쇠가 제 버릇 개 못 주고 제 돈 쓰듯
가져다 쓰는구나. 댓 냥 내기 윷놀이, 두 냥 패에 가보
하기, 갑자꼬리 함께 받기, 미골회패 퇴기질, 흥을 부

르고 백을 부르는 쌍륙치기, 장군 멍군 장기 두기, 맞쳐먹기 돈치기와 불러먹기 주먹질, 걸개두기 윷놀이와 한 집 두 집 고누두기, 전당포에 옷 맡기고 그 돈으로 술 사먹고 남의 싸움 가로막기, 그것도 모자라서 옹녀를 시샘하고 밤낮으로 싸움하니 암만해도 살 수 없다.

하루는 옹녀가 강쇠를 달래면서,

"당신 성질 가지고서 도시에서 살다가는 돈 모으기 고사하고 남의 손에 죽을 테요. 첩첩산중 골짜기서 밭 일구고 풀이나 베어 때면 노름도 못할 테요, 질투도 안할 테니, 산중으로 갑시다."

강쇠가 대답하되,

"그 말이 장히 좋소. 십 년을 곧 굶어도 남의 계집 바라보며 눈웃음 하는 놈만 다시 아니 보겠으면 내일 죽어 한이 없네."

그러고선 어느 산에 들어갈지 의논한다.

"동쪽 명산 금강산은 험준한 돌산이라 나무 없어 살 수 없고, 북쪽 명산 묘향산은 설산이라 추워서 살 수 없고, 서쪽 명산 구월산은 그 아무리 좋다 해도 도적들의 산채라니 무서워서 살 수 있나. 남쪽 명산 지리산이 기름지고 넉넉하니 그리로 찾아가세."

남루한 살림살이 어깨에 짊어지고 지리산으로 가는

구나. 깊은 산 너른 골에 빈집 한 채 덩그러니, 임진왜란 난리통에 어떤 부자 피난하여 이 집을 지었다가 팔 년 전쟁 끝나고서 제 고향 찾아갔나. 잘 지은 기와집에 사람 흔적 하나 없고, 흉가로 텅 비어서 도깨비들 소굴이요 귀신들 사랑채네. 거친 뜰에 있는 것은 삵과 여우 발자취요, 깊은 뒤안 우는 소리 부엉이·올빼미라. 강쇠 놈이 집을 보고 기뻐하며 하는 말이,

"사또어른 간 데마다 좋은 집이 있다더니 지금 내가 그렇구나. 적막한 이 산중에 나 올 줄을 누가 알고 이리 좋은 기와집을 지어놓고 기다렸나."

두 부부가 날래게 뛰어들어 부엌에 솥을 걸고, 방 쓸어 멍석 깔아, 낙엽 긁어 밥해 먹고, 새 집에도 정붙일 겸 터다지기 야단법석 밤새도록 하는구나.

1-5.
강쇠가 난생처음 일을 하러 가는구나

강쇠가 평생 일이라곤 한 적이 없어, 낮이면 잠만 자고 밤이면 배만 타니, 하루는 옹녀가 애절하게 부탁한다.

"여보, 낭군 들으시오. 천하의 만민들은 자기 업을 타고나는 법이니, 사람마다 직업 있어 위로는 부모를 봉양하고 아래로는 처자식을 기르는데, 낭군 신세 생각하니 어려서 못 배운 글 지금 공부할 수 없고, 손재주 없는지라 장인질도 할 수 없고, 밑천도 한 푼 없어 장사질을 할 수 있나. 그중에 할 노릇이 막일밖에 없겠구려. 이 산중에 산전山田을 일궈 콩, 팥, 수수, 담배 키워 우리 내외 먹고 사오. 갈퀴랑 빗자루로 마른 낙엽 모아 때고, 통나무 장작 패면 집에서도 때려니와 시장에 내다 팔면 부모 없고 자식 없어 단출한 우리 부부 먹고살 걱정이야 할 필요가 없을 테요. 한데 건장한 사나이가 밤낮으로 하는 짓이 잠자기와 그 노릇뿐. 굶어 죽기 고사하고 우선 얼어 죽을 테니, 오늘부터 지게 지고 나무나 하여 오소."

강쇠 쓰게 웃으면서,

"어허, 허망하다. 중국산 좋은 말[胡達馬]도 늙으면 왕십리서 거름 싣고, 기생이 퇴물 되면 탁주장사 한다더니, 지금까지 이 말을 남의 말로 알았거늘 오늘에 닥쳐 보니 나를 두고 한 말이네. 다른 사람 말이라면 콧방귀도 안 뀌련만 자네 말이 그러하니 나갈밖에 수가 있나."

강쇠가 나무하러 나가는데 복건 쓰고 도포 입었단 말은 거짓말. 포구 근방 시장판을 제멋대로 쏘다니는 시정잡배 복장으로 한산모시 창옷 입고, 찌그러진 통영갓에 다 떨어진 망건 쓰고, 꼬질꼬질 삼베버선 푸른 빛깔 비단으로 맵시 좋게 대님 맸네. 헝겊으로 꼬아 만든 미투리를 신은 후에 날카로운 낫과 도끼, 점심밥 함께 챙겨 지게 위에 모두 얹어 어깨에 둘러메고, 이십 평생 처음으로 나무하러 가는구나. 긴 담뱃대 입에 물고 나무꾼들 모인 곳을 노래하며 찾아가니 왕년에 잘나가던 기생집 기둥서방 구성진 목소리가 나무꾼과 조금 달라,

"태고에 천황씨가 목덕木德으로 즉위하니 오행五行 중에 먼저 난 게 나무 덕이 으뜸이라. 천지인天地人 삼황 시절, 각 일만 팔천세를 무위無爲로 다스렸네. 그때 내가 태어났으면 오죽이나 편했겠는가. 유소씨는 즉위하여 무지한 백성들을 덕으로써 보살피니, 나무 얽어 집 짓는 법, 나무 열매 따 먹는 법, 모두가 백성 위한 유소씨의 지혜일세. 이 얼마나 유유자적 태평한 시절인가. 그런데 어인 일로 수인씨가 나타나서 나무 비벼 불 피우고 음식 익혀 먹었으니 이 세상의 귀찮은 일 여기서 생겼구나. 부지런한 요순임금 해가 뜨면 일을 하고 해가 지면 잠을 자니 백성들 호시절도 이제는 끝이 났다.

하夏·은殷·주周가 무너지고 당唐·송宋도 사라지니 시대가 흐를수록 불쌍한 게 백성이라. 일 년 사철 놀 때 없이 손발톱이 닳고 닳아 먹을 것 아니 먹고 입을 것 안 입으며 밤낮으로 벌어도 추위와 굶주림을 피할 길이 없게 되니 참으로 불쌍하다. 내 평생 먹은 마음 남과는 조금 달라 좋은 옷에 온갖 패물 호사를 누리면서 예쁜 계집, 맛 좋은 술, 노래로 벗을 삼아, 한 세월 놀고먹고 재미나게 살려 했는데, 아찔한 저 절벽을 다리 아파 어찌 타고, 억새풀 가시덩굴 손이 아파 어찌 베며, 지게로 한 짐 되면 어깨 아파 어찌 지고, 적막한 이 산천에 심심해서 어찌할꼬!"

제 신세를 한탄하며 정처 없이 가노라니 산골마을 아이들이 지겟다리 두드리며 장단을 맞추면서 방아타령·산타령에 농부가를 하는구나. 한 놈 먼저 나서면서 방아타령 하기를,

"산에 올라 산전방아, 들에 내려 물레방아, 여주와 이천 땅에 늦벼 찧는 밀따리방아, 진천과 통천 땅에 올벼 찧는 오려방아, 군졸들이 애지중지 화약창고 화약방아, 대갓집 하인들이 곡식 찧는 용정방아. 이 방아 저 방아 다 버리고, 칠흑 같은 깊은 밤에 우리 님은 가죽방아. 오라 오라 방아 찧는 동무들아 내 문제를 하나 내마. 방아 처음 찧던 사람 누구인지 너 아느냐? 경신년庚申年 경신월 경신일 경신시, 강태공이 처음일세. 떡구덩 찧어라, 떡구덩 찧어라. 전세田稅 낼 대동미가 늦어간다."

한 놈은 산타령을 하는데,

"동쪽에 금강산, 서쪽에 구월산, 남쪽에 지리산, 북쪽에 묘향산. 육로로 천 리 수로로 천 리, 이천 리를 들어가니, 탐라국이 생기려고 한라산이 솟아 있다. 정읍에 내장산, 장성에 입암산, 고창에 반등산, 고부에 두승산. 서해로 새나가는 명당수를 막으려고 부안 변산 둘러 있다."

다른 한 놈이 농부가를 하는데,

"이씨 조선 태평시절 높은 도덕 우리 성상, 동요^{童謠}에서 민심 듣고 천심으로 여겼다던 요순임금 버금가네. 네 다리 빼라 내 다리 박자. 봄날이 지나간다. 여보시오 동무들아! 앞산에 소나기 온다. 삿갓 쓰고 도롱이 입자."

한 놈은 목동가를 부르는데,

"갈퀴 메고 낫 갈아서 지리산에 나무하자, 얼렁! 쌓인 낙엽 부러진 가지 수북하게 긁고 주워 바리바리 얽어 묶어 지게에 짊어지고 산길을 내려오니 날은 이미 저물었네. 길가에 손님 보고 엉거주춤 인사하니, 품 안에 있던 열매 떼구루루 떨어진다. 얼렁! 소나기에 홀딱 젖어 갈증나고 지친 손님 술집이 어디 있나 사근하게 물어보니, 저 건너 살구마을 손으로 가리키자. 얼렁! 뿔 굽은 소를 타고 피리를 불고 가니, 유유자적 내 모습 신선이 따로 있나. 유비가 보았다면 나를 오죽 부러워하리. 얼렁!"

1-6.
장승 패어 장작 했네

강쇠가 다 들은 후 오던 길을 돌아서 다른 길로 나아
가며,

"내 나이 몇이거늘 어린것들하고 같이 갈퀴나무 할
수 있나."

도끼 빼어 둘러메고 이 봉우리 저 봉우리 찬찬히 둘
러보며 눈에 띄는 큰 나무는 한두 번씩 찍은 후에 갖
가지 말을 붙여 나무 못할 이유들을 꾸며 내기 바쁘
구나.

"오동나무 베자 하니, 순임금이 즐겨 타던 오현금이
생각나고, 살구나무 베자 하니 공자와 삼천 제자 살
구나무 아래에서 강론한 게 생각나고, 소나무가 좋다
마는 진시황이 그 아래서 소나기를 피했구나. 잣나무
를 베자 하니 유방이 쉬던 그늘 어찌 감히 베겠느냐,

버드나무 베자 하니 시냇가에 늘어지는 그림자가 풍치 있어 아까워서 못하겠네. 밤나무는 신주 만들고, 전나무는 돛대 만들고, 가시나무 단단하니 포도청 곤장 만들고, 참나무는 꼿꼿하니 깎아서 배 만들고, 가죽나무·먹감나무·산유자·검팽나무 솜씨 좋은 목수 만나 무늬 좋은 가구 되니 땔나무로 쓰기에는 너무나 아깝구나."

이리저리 생각하니 벨 나무 전혀 없다. 산중 약수터에 점심밥을 풀어 놓고 배부르게 먹은 후에 부싯돌 얼른 쳐서 담배 입에 피워 물고, 솔 그늘 잔디밭에 돌을 베고 누우면서 한시 한 구절 듣기 좋게 읊는구나.

"'소나무 밑에 누워 베개를 높이 베고 석두가 잠들었네.' 나를 두고 한 말이라. 잠자리 장히 좋다!"

어느새 코 고는데, 소리 한번 우렁차다 온 산천이 들썩들썩 진동을 하는구나. 한참 곤히 자다 낮바닥이 선뜩선뜩 게슴츠레 눈 떠보니 하늘에는 별이 총총 이슬에 젖는구나. 게을리 일어나서 기지개 불끈 켜고, 뒤통수 두드리며 혼잣말로 구시렁구시렁.

"무슨 해가 이리 짧아. 빈 지게 지고 가면 계집년이 방정 떨지."

주위를 둘러보니 산길에 우두커니 장승 하나 서 있거늘, 강쇠가 반기면서 장승 선 데 급히 가니, 장승이 누구인가 강쇠 마음 미리 알고 낮에 핏기 올리고 눈을 딱 부릅뜬다. 강쇠가 호령하여 큰소리를 치는구나.

"네 이놈, 뉘 앞이라고 눈망울을 부릅뜨느냐! 조선 팔도 호령하는 용맹남자 변강쇠를 들어보지 못했느냐. 왕년에 이 몸께서 곡물시장, 마시장, 어시장과 사당패 놀음, 씨름판에서 이내 솜씨 사람 칠 제 먼저 배를 차고 뒷덜미를 치는 솜씨, 가래딴죽, 열두 권법, 범강范彊·장달張達·허저許褚라도 다 둑 안에 떨어지니, 수족 없는 너 따위가 나를 어찌 당하오리."

장승에 달려들어 불끈 안고 쑥 빼내어 지게에 짊어지고 제 집에 돌아와서 온갖 생색내는구나.

"집안사람 거기 있나. 장작 나무 하여 왔네!"

크게 소리치고서는 방문 열고 들어가니 옹녀가 강쇠 보고 개선장군 맞이하듯 방정떨며 반기는구나. 손목을 잡아끌고 어깨를 주무르며,

"어찌 이리 늦었소. 평생 처음 하는 나무, 오죽 애를 썼겠는가. 배가 무척 고플 테니 밥 많이 잡숫구려."

방안에 불 켜놓고 밥상 차려 드린 후에 장작 나무 구경하러 등불 들고 나와 보니 어떠한 큰 사람이 뜰 가운데 누웠구나. 고귀한 양반인지 사모관대 갖춰 입고 방울눈에 주먹코에 길게 드리운 수염이 점잖다. 옹녀가 깜짝 놀라 뒤로 팍 주저앉아,

"애고, 이게 웬일인가. 나무하러 간다더니 장승 빼어 왔네그려. 나무 암만 귀하기로 장승 패어 땐다는 말 듣도 보도 못하였네. 만일 패어 때었다간 장승 귀신, 부엌 귀신 화가 나 만든 병으로 목숨 보전 못할 테니 어서 급히 지고 가서 선 자리에 도로 세우고, 싹싹 빌며 왼발 굴러 주문 외우고 집에 올 땐 다른 길로 돌아오소."

강쇠가 성이 나서,

"집안일은 가장이 담당이라. 가장이 하는 일을 그저 보고 있어야지, 여편네가 요망하게 재수 없는 소리하네. 진晉나라 공신 개자추介子推는 진문공이 저를 잊자 면산으로 들어가니 온 산에 불 질러서 그를 다시 보자 해도 안 나오고 타 죽었네. 한漢나라 장군 기신紀信 역시 유방을 대신해서 형양에서 타 죽었소. 산 사람이 타 죽어도 아무 탈이 없었는데, 나무로 깎은 장승 인형 패어 땐들 어떨쏘냐. 우리 내외 입 다물면 귀신도 모를 테니 요망한 말 다시 마라."

밥상을 물린 후에 도끼 들고 달려들어, 장승을 쾅쾅 패어 군불을 많이 넣고, 금슬 좋은 두 부부가 훨썩 벗고 사랑가로 농탕치며 맛있게 노는구나.

1-7.
조선 팔도 장승들은 한자리에 모이시오

이때에 장승 귀신 아무런 죄도 없이 무례한 강쇠 만나 도끼에 절단 났네. 위엄 있던 그 풍채가 아궁이 속 잔재되니 오죽이나 원통할까. 구천을 떠돌면서,

"나 혼자 다녀서는 이놈 원수 못 갚겠다. 팔도 장승 다스리는 대방 장승 찾아가서 하소연을 하여 보자."

경기도 노량진 선창가에 자리 잡은 대방 장승 찾아가서 문안 후에 사정을 하소연하길,

"저는 경상도 함양의 산길을 지킨 장승으로 위로는 신을 공경하고 아래로는 백성을 보살피며 비가 오나 눈이 오나 하루도 빠짐없이 제 할 일을 다 했는데, 강쇠라는 불한당이 산중에 들어와서 죄 없는 소인에게 공연히 달려들어 꾸짖고 욕보인 후 빼어 지고 가더이다. 제 계집이 깜짝 놀라 도로 갔다 두라 해도 이놈이

아니 듣고 도끼로 쾅쾅 패어 제 부엌에 화장火葬하니, 이놈 그저 두어서는 동지섣달 겨울 동안 지리산 장승들이 잿더미가 될 터이니 십분 통촉 하옵소서. 소인의 원한 갚아 후환 막게 하옵소서."

대방 장승 크게 놀라,

"이런 큰 변이 있나. 가볍게 처리할 수 없는 일이니 사근내 공원公員님과 지지대遲遲臺 유사有司님*께 내 전갈을 여쭙기를, '그동안 살기 바빠 도통 연락 못했으니 다들 어찌 지내셨소. 다른 일은 아니옵고 경상도 함양 장승의 억울한 하소연을 들어본즉 천만고에 없던 변이 오늘날 생겼으니, 수고타 마시옵고 잠깐 방문하시어 함께 논의하옵시다.' 이렇게 전하여라."

장승 혼령 급히 가서 두 군데 말 전하니, 공원·유사 급히 와서 예를 갖춰 인사하네. 대방 장승이 함양 장승의 억울한 사연을 전하자, 공원·유사 여쭙기를,

"우리 장승 생긴 후로 처음 난 변괴이니, 우리 셋만 모여서 조용히 해결할 수 없겠구려. 팔도 장승 다 모아서 함께 의논하십시다."

대방 장승 좋다 하고 입으로 붓을 물고 통문 네 장을

---

* 사근내와 지지대는 모두 지금의 의왕 지역에서 서울 가는 길에 위치한 지명이며, 공원과 유사 등은 이 장승들이 오늘날로 치면 모임의 총무 역할을 하는 장승들임을 말해 준다.

일필휘지 써 내니, 그 내용이 이러하다.

"오른쪽 통문의 일은 토끼가 죽으면 여우가 슬퍼하고, 향초香草가 불에 타면 난초蘭草가 탄식하는 것과 같은 일이며, 어려울 때 돕는 것이 떳떳한 이치로다. 지리산의 변강쇠가 함양 장승 빼어다가 아궁이에 때어 화장을 하였으니, 흉포한 이놈 죄를 가벼이 다룰 수 없어 조선 팔도 각 장승 전에 모두 통문을 돌리오. 이달 초 삼경三更: 밤 11시에서 새벽 1시 사이에 노량진 강변으로 모두들 모이시오. 함양 장승 조문하고 변강쇠 놈 죽일 꾀를 함께 의논하옵시다. 연월일年月日."

그 밑에는 장승 셋이 각자 서명하였구나. 대방이 말하기를,

"통문 한 장은 진관천 공원이 맡아 경기 삼십사 관, 충청도 오십사 관에 차례로 전케 하고, 한 장은 고양 홍제원 동관이 맡아 황해도 이십삼 관, 평안도 삼십이 관에 차례로 전케 하고, 한 장은 양주 다락원 동관同官: 같은 직위의 동료. 여기서는 장승들이 맡아 강원도 이십육 관, 함경도 이십사 관에 차례로 전케 하고, 한 장은 지지대 공원이 맡아 전라도 오십육 관, 경상도 칠십일 관에 차례로 전케 하라."

1-8.
장승이 합세해서 강쇠 놈을 징계하네

귀신의 조화이니 오죽이나 빠르겠나. 바람 같고 구름 같이 쏜살처럼 다 전하니 조선 팔도 장승들은 하나도 빠짐없이 기약한 날 모이었네. 노량진 나루부터 촘촘하게 늘어서서 시흥 읍내까지 빽빽하네.

장승이 절하는 법이 고개를 숙일 수도, 허리 굽힐 수도 없어 사람으로 비유하면 발 앞부리 디디고서 뒤축만 달싹할 뿐. 일제히 절을 하고 문안을 한 연후에 대방 장승 말하기를,

"통문을 보았으면 모인 뜻을 알 터이니 변강쇠 지은 죄를 어떻게 다스릴꼬?"

함경도 마천령 상봉^{上峰} 장승이 앞장 서서 여쭈되,

"그놈 일가족을 이곳에 잡아와서 효수를 하옵시다."

대방이 답하기를,

"귀신의 성미도 제 사는 곳 따라가니 상봉 장승 하는 말씀 가히 상쾌하십니다. 허나 할 수 없는 것이 이놈의 식구란 게 계집 하나뿐이로되, 계집은 말렸으니 죄를 아니 줄 터요, 강쇠 그놈 벌을 줄 때 목만 덜컹 잘라내면 지은 죄는 모르고 세상에 본보기도 아니 되오. 여러 동관님네 다시 생각하옵소서."

압록강가에 서 있는 장승이 여쭈되,

"성인의 말씀이 '출호이반호이'出乎爾反乎爾: 자기에게서 나온 것이 자신에게로 되돌아온다라 하셨으니, 우리의 식구대로 그놈 집을 에워싸고 불을 버썩 지른 후에 방문 틀어막는다면 그놈도 함양 장승 당한 대로 화장이 될 것이오."

대방이 대답하되,

"흉악한 그런 놈을 한순간에 화장하면, 지은 죄는 모르고서 도깨비장난인가, 산적의 난리인가 의심을 품을 테니, 다시 생각하여 보오."

전라도 해남의 관머리 장승이 여쭈되,

"대방님 하는 분부 구구절절 마땅하오. 그러한 흉한 놈을 쉽사리 죽여서는 설욕하지 못할 테요. 고생을 실컷 시켜서 죽자 해도 썩 못 죽고, 살자 해도 못 살도록 칠칠이 사십구, 한 달하고 십구일을 밤낮으로 들볶다가 험하게 죽게 하오. 그렇다면 그 고통이 장승의 복수인 줄 알고서 강쇠 저도 반성하고 남도 경계할 것이오. 여기 모인 식구대로 병病 하나씩 지고 가서 정수리서 발톱까지 오장육부 안팎 없이 새 집에 흙 바르듯, 종이공장에 벽지 바르듯, 장판에 기름칠하듯, 나무에 옻칠하듯 겹겹이 쳐 바르면 그 수가 좋을 테요."

대방이 크게 기뻐하며,

"해남 동관 하는 말씀이 참으로 합당하오. 그대로 시행하되 조그마한 강쇠 놈에 저리 많은 식구들이 한꺼번에 달려들면 많은 데는 겹치고 빠진 데는 틈 날 테니, 머리에서 두 팔까지 전라·경상 차지하고, 겨드랑이서 볼기까지 황해·평안 차지하고, 항문에서 두 발까지 강원·함경 차지하고, 오장육부 내장일랑 경기·충청 차지하여, 팔만 사천 털구멍을 한 구멍도 빈틈 없이 단단히 잘 바르라."

팔도 장승 명 받잡고, 사냥 나온 벌떼같이 병病 하나씩 등에 지고, 장승 혼령 앞세우고 강쇠에게 달려들어 자기네 맡은 대로 병도배를 한 연후에 연기처럼 흩어진다.

미련한 강쇠 놈이 귀신 조화 알 수 있나. 장승 패어 군불 때고 그날 밤을 자고 깨니 아무 탈이 없었구나. 제 계집 두 다리를 양편으로 딱 벌리고 오목한 그 구멍

을 기웃이 굽어보며,

"밖은 검고 안은 붉고 정녕한 부엌일세. 빠끔빠끔하는 것은 부엌 귀신 화난 모습."

제 기물을 보이면서,

"불끈불끈 하는 수가 나무귀신 화난 모습. 가난한 살림살이 굿하고 경 읽겠나, 나무신과 부엌신의 원한이나 풀어주세."

아침밥도 거른 채 한 판을 질끈 하고, 장담을 실컷 하여 하는 말이,

"하루 이틀 쉰 연후에 이 근방에 있는 장승 차차로 빼어오면 나무 할 필요 없지."

하루 종일 빈둥대다 해 저물어 자노라니, 온 집 안에 장승들이 빈틈없이 둘러서서 강쇠 몸을 건드리고 말없이 나가거늘, 강쇠가 깜짝 놀라 말하자니 안 나오고 눈 뜨자니 꽉 붙어서 소경이나 벙어리와 다를 바가 없었구나. 장승들이 강쇠 몸에 병 하나씩 쳐 바르니 강쇠 놈이 무슨 수로 장승들을 당해낼까.

날이 점점 밝아오매 옹녀가 잠을 깨니, 강쇠의 꼬라지가 초주검 되었으나 신음하여 앓는 소리 숨은 아니 끊겼구나. 간밤에 홍두깨라 이게 무슨 날벼락인가. 깜짝 놀라 옷을 입고 미음을 급히 고아 소금 타서 떠넣으며 온몸을 만져 보니, 이를 꽉 아드득 물어 미음

들어갈 틈이 없고 낭자한 부스럼이 어느 새 모두 곪아 온몸에 진물 나니 피고름 독한 냄새 숨을 쉴 수 없구나.

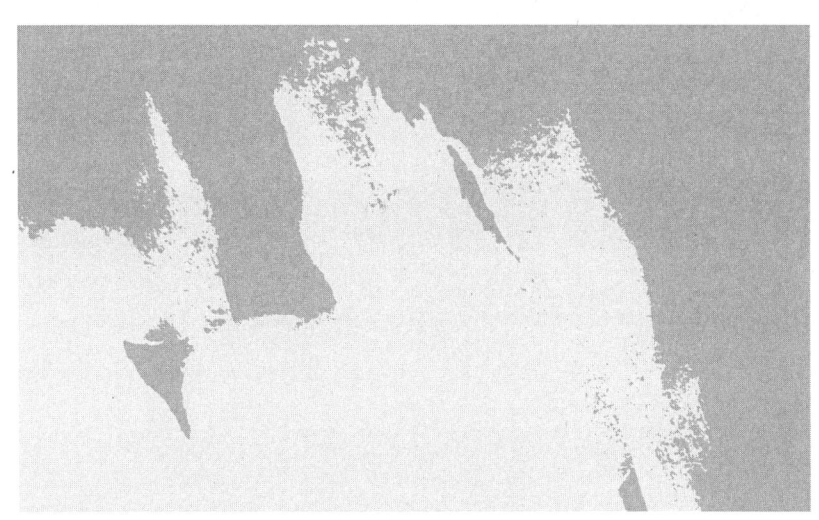

『변강쇠가』

2부
강쇠 초상 치르려다
사내놈들 다 죽는다

2-1.
팔만 사천 털구멍에 오만 가지 병 들었네

병 이름을 짓자 하니 만 가지가 넘겠구나. 머리통이 지끈지끈 풍두통과 편두통, 담결통 겸하고, 눈에는 쌍다래기·섬서기눈동자에 좁쌀만 하게 생기는 희거나 붉은 점, 눈 뜬 채 봉사됐고, 두 귀 먹은 노인인가 말소리는 안 들리며 이명耳鳴에다 귀젓을 겸하고, 콧구멍 속 부스럼에 콧구멍은 꽉 막혀 숨쉬기 어려운데 주독을 겸하고, 얼굴 종기·뺨 종기에 입술 종기 겸하고, 풍치·충치에 구와증口喎症을 겸하고, 흑태·백태에 설축증舌縮症: 혀가 말려 펴지지 않는 병을 겸하고, 목 부스럼·코 부스럼에 편도선염 겸하고, 아래턱이 어긋나서 이가 서로 맞지 않고 목 뒤 심줄 뻣뻣해 고개를 못 돌리는데 발제髮際: 목 뒤 머리털이 난 가장자리에 생기는 부스럼를 겸하고, 연주連珠: 갑상샘종이 헐어서 터진 부스럼와 나력瘰癧: 결핵 목 림프샘염에 상감傷感을 겸하고, 견비통과 옹절癰癤에 수전증을 겸하고, 협통옆구리가 결리고 아픈 병과 요통에 등창을 겸하고, 흉결胸結·복창에 부종을 겸하고, 임질·산증疝症: 아랫배와 불알이 붓고 오줌이 잘 내리지 않는 병에 퇴산㿗疝불고환이 붓는 병을 겸하고, 볼기짝 종기와 치질에 탈항증을 겸하고, 가랫톳·학질에 수종水腫: 몸이 붓는 병을 겸하고, 발바닥엔 독한 종기 티눈을 겸하고, 주로酒癆·색로色癆에 담로痰癆를 겸하고, 육체肉滯·주체酒滯에 식체食滯를 겸하고, 황달·흑달에 고창鼓脹: 창자 안에 가스가 차서 배가 불룩해지는 상태을 겸하고, 적리赤痢·백리白痢에 후중後重: 이질의 증상 뒤가 묵직함을 겸하고, 각궁반장角弓反張: 중풍으로 얼굴이 비뚤어지거나 반신 불수가 된 상태에 괴질을 겸하고, 기침과 재채기에 헐떡증을 겸하고, 헛소리에 헛손질을 겸하고, 전근곽란곽란이 심하며 근육에 수분 공급이 부족하여 뒤틀리는 병에 토사를 겸하고, 온갖 학질에 들이치락 내치락 사증邪症: 때때로 미친 듯이 행동하는 증세을 겸하고, 단독丹毒·양독陽毒에 온역瘟疫: 전염성 열병을 겸하고, 감창疳瘡·당창唐瘡: 매독의 다른 이름에 용천나병, 간질 따위의 몹쓸병을 겸하고, 열경련·복음伏飮: 담음이 체내에 잠복하여 자주 발작하는 병증에 분돈증奔豚症: 장의 경련 때문에 발작적으로 아랫배가 아프다가 심하면 위로 치미는 병을 겸하고, 내장과 간에 생긴 종기에 주마담走馬痰: 담이 이곳저곳을 옮겨 다녀서 몸이 군데군데 욱신거리고 아픈 병을 겸하고,

염병장티푸스·시병時病: 때에 따른 전염병에 열광증을 겸하고,
울화·허화에 물조갈을 겸하여, 사지가 마비되고, 온
몸이 찌르는 듯 아파 굽히지도 젖히지도 못하고 꼼짝
달싹 다시는 두 수 없이 마개틀 모양으로 뻣뻣이 누
웠으니 산송장이 되었구나.

2-2.
길흉이나 점쳐 보자

옹녀가 겁을 내어

"병이 하도 심각하니 길흉이나 점쳐 보자."

복채 한 냥 품에 넣고 건넛마을 송봉사 집 총총히 찾아가서,

"봉사님 계시오?"

봉사 답하는 게 원체 쌀쌀맞은지라 원수진 듯하구나.

"게 누구라께?"

"강쇠의 마누라요."

"어찌?"

"건장하던 지아비가 밤사이 병을 얻어 곧 죽게 되었으니 점 좀 쳐 주소."

송봉사 딱히 여겨,

"어허, 안되었네. 들어오소."

세수를 급히 하고 옷을 차려 입은 후에 단정히 꿇어 앉아 산가지를 흔들면서 주문을 외는구나.

"하늘이 어찌 말하시며 땅이 어찌 말하시나. 간절히 구하면 응함이 있나니, 성인은 천지와 더불어 그 덕을 합하시며, 일월과 더불어 그 밝음을 합하시며, 사철과 더불어 차례를 함께하시며, 귀신과 길흉을 함께하시니, 신령이 감응하시어 형통하게 하옵소서. 오늘 을유乙酉년 이월 갑자삭甲子朔 초육일 기사 경상우도 함양군 지리산중에 사는 여인 옹씨가 엎드려 묻습니다. 임술생 변강쇠가 우연히 병 얻었으니 죽을지 살지를 판단하여 주옵소서. 삼가 엎드려 비오니 신령스런 이치를 밝게 보여 주옵소서. 하나, 둘, 셋, 넷!"

주문을 마치고는 산가지통 흔들더니 산가지를 빼어 들어 점괘를 얻는구나.

"'사목비목似木非木이요 사인비인似人非人이라.' 나무 같으나 나무가 아니요, 사람 같으나 사람이 아니라니. 어허 그것 괴이하다!"

옹녀가 무릎 치며,

"옳다구나. 그것이 문제로다! 엊그제 남정네가 장승을 패서 태우더니, 장승 귀신이 화가 나서 앙갚음을 하는구나."

봉사도 제 점괘를 이제야 이해하여,

"그러면 그렇지! 그런 짓을 어찌했나. 장승 귀신 화가 나서 작정하고 달려드니 살기는 틀렸구려. 한이나 없게 경이나 읽어 주소."

옹녀가 부탁하며,

"봉사님이 오소서."

"가지."

저 계집 거동 보소. 옹녀가 한걸음에 집으로 돌아와서 사방 모퉁이에 황토를 놓아 두고 목욕재계하고서는 빨아 놓은 새 옷을 꺼내 입고, 살막이 떡·과일·채소 차려 놓고 앉았으니 송봉사 건너와서 문 앞에 와 우뚝 서며,

"어디다 차렸는가?"

"예다 차려 놓았소."

"그러면 경을 읽지."

한손에는 북채 잡고 한손에는 방울 들고 쨍쨍 퉁퉁 울리면서 부엌을 관장하는 조왕신께 조왕경을, 집안을 관장하는 성조신께 성조경成造經을 차례대로 읽은 후에 동진경을 읽으면서 액막이를 하는구나.

"나무동방 목귀살신 나무남방 목귀살신 나무서방 목귀살신 나무북방 목귀살신."

삼칠 편 얼른 읽고 왼발 턱 구르면서

"엄엄급급 여율령 사바하 쒜!"

경을 다 읽은 후에

"자네, 경값은 어찌하려나?"

"경값이나 서울 빚이나 여기 있소."

돈 한 냥을 내어주니,

"내가 돈 달랬관대? 거 새곰한 것 있는가."

옹녀가 깜짝 놀라,

"어, 관두시오! 점잖은 터에 그게 무슨 말씀이오."

송봉사가 무안하여 안개 속에 소 나가듯 조용히 물러
간다.

2-3.
침약이나 하여 보자

옹녀가 생각하되, 의원을 불러다가 침약이나 하여 보자. 함양의 이진사가 명의란 말을 듣고 찾아가서 사정하니, 이진사가 허락하고 몸소 와서 진맥한다.

"신방광맥 짚어 보면 가라앉고 느린 것이 오장육부 매우 차고 정기 또한 상했구나. 간담맥을 짚어 보면 맥이 매우 약한 것이 뼈마디가 아파서 굴신하기 어렵겠고, 심수맥을 짚어 보면 맥이 뜨고 급한 것이 머리에 두통 나고 눈앞이 아찔하네. 명문삼초맥 짚어 보면 미약하고 가라앉아 시리게 아프고 진액도 탁하겠네. 비위맥을 짚어 보면 맥이 겨우 뛰는 것이 숨이 매우 가빠지고 배가 무척 아프겠다. 폐대장맥 짚어 보면 가볍고 빠르게 뛰니 온몸이 얼음 같고 기침·가래 나겠구나. 인영맥을 짚어 보면 내관외격內關外格: 양기가 내부에서 막히고 음기가 외부에서 가로막힘하여 숨 한 번 쉬는 동안 여섯 번 맥이 뛰고 십괴가 범했으니 암만해도 죽을 테나 미련이나 안 남도록 약재나 사오시오."

인삼·녹용·우황·주사·관계·부자·곽향·축사·적복령·백복령·강활·독활·시호·전호·천궁·당귀·황기·백지·창출·백출·삼릉·봉출·형개·방풍·소엽·박하·진피·청피·반하·후박·용뇌·사향·별갑·귀판·대황·망초·산약·택사·건강·감초.

탕약으로 달여 보자.

형방패독산·곽향정기산·보중익기탕·방풍통성산·자음강화탕·귀룡군자탕·상사평위산·황지건중탕·일청음·이진탕·삼백탕·사물탕·오령산·육미탕·칠기탕·팔물탕·구미강활탕·십전대보탕.

암만 써도 효험 없네. 환약을 빚어 보자.

청심환·소합환·천을환·포룡환·사청환·광제환·백발환·고암심신환·가미지황환·경옥고·신선고.

아무것도 효험 없다. 단방약을 하여 볼까.

지렁이 간·굼벵이 즙·우렁이 탕·오줌 찌끼·땅강아지·거머리·황오리·메뚜기·가물치·올빼미를 다 써봐도 효험 없다.

침이나 주어 보자. 순금 장식 상아 침통 절렁절렁 흔들어서 세모난 침 빼어 들고 혈맥을 짚어 본다.

백회·통천·뇌공·풍지·전중·신궐·기해·대저·장강·간유·담유·소장유·방광유·곡지·수삼리·양곡·완곡·내관·대릉·소상·환도·양릉천·현종·위중·승산·곤륜·신맥·삼음교·공손·축빈·조해·용천. 이 많은 혈자리를 모두 다 찔러 대니, 병에 곯고 약에 곯고 침에 곯아 죽겠구나.

이진사 하는 말이,

"약은 백 가지요 병은 만 가지니, 병이 독해서 고치기는 틀렸구려."

이진사가 포기하고 주섬주섬 짐을 챙겨 조용히 가는구나.

의원이 간 연후에 침약의 효과인지 귀신의 조화인지 강쇠가 눈을 뜨고 꽉 다문 입 겨우 열어 여인 손을 덤뻑 잡고 울면서 하는 말이,

"자네는 양서 사람, 나는 삼남 사람. 하늘이 허락하고 귀신이 중매하여 오다가다 맺은 인연, 단산丹山의 봉황이요 녹수綠水의 원앙이네. 잠시도 이별 말고 백년해로 하자더니 하룻밤에 얻은 병에 백 가지 약 효험 없어 젊디젊은 이내 몸이 황천길을 갈 터이오. 성인 말씀하시기를 죽음이라 하는 것은 잠시 놀러 나왔다가 돌아가는 일이라니. 잠시 왔다가는 인생 무슨 설움 있겠는가. 허나 자네 혼자 남아 살아갈 것 생각하

면 애달파서 어찌하나. 비같이 내리던 정情, 구름같이 흩어지면 눈같이 녹는 애간장 안개같이 이는 근심. 복숭아꽃·배꽃 피는 봄날 오동잎 지는 가을 두견새 슬피 울고 기러기 높이 날 제 독수공방 자네 신세 남은 인생 어찌할꼬. 자네를 생각하면 눈을 편히 못 감건만 아무리 살자 해도 병세가 지독하여 기어이 죽을 테니, 이 몸이 죽거들랑 염습하고 입관하기 자네가 손수 하게. 무덤 옆에 초막 짓고 시묘살이 삼년상을 극진히 치른 후에, 비단 수건 목을 졸라 저승으로 찾아오면 이승에서 못 다한 연 저승에서 함께하세. 한창 나이 청상과부 어떤 놈이 가만둘까. 내가 지금 죽은 후에 열 살 안 된 아이라도 자네 몸에 손 대거나 집 근처에 얼씬하면 즉각 사단 날 것이니, 부디부디 그리하소."

옹녀의 가랑이로 손을 풀쑥 집어넣고 여인의 옥문 쥐고 으드득 힘주더니 불끈 일어 우뚝 섰네. 건장한 두 다리는 화살을 쏘려는지 엉거주춤 디딘 채로, 바위 같은 두 주먹은 누구를 위협하나 눈 위까지 높이 들고, 방울만 한 두 눈은 사냥 앞둔 호랑인가 찢어지게 부릅떴네. 상투 풀어 산발하고, 혀 빼어 길게 물고, 짚단같이 부은 몸에 피고름이 낭자하네, 강쇠 기물 주장군은 쓸모없이 그저 뻣뻣, 목구멍에 숨소리 딸깍,

콧구멍에 찬바람 왱, 마지막 숨 내쉬고서 장승 죽음
하였구나.

2-4.
낭군 초상 어찌할꼬

옹녀가 겁이 나 울 생각도 없지마는 강쇠 놈 성미에 가만 있지 않을 테니, 임종할 때 유언대로 곡소리를 하는구나. 비녀 빼어 머리 풀고 주먹 쥐어 바닥 치며, "애고애고 설운지고, 애고애고 어찌 살꼬. 여보시오 변서방아, 날 버리고 어디 가나. 나도 가세, 나도 가세, 님을 따라 나도 가세. 청석관서 만날 적에 백년해로 하자더니 황천길을 혼자 가니 그 약속이 허망하다. 깊은 산속 텅 빈 집에 일가친척 고사하고 이웃사촌 하나 없어 여인이 홀몸으로 초상을 어찌하나. 웬년의 팔자가 남편 복이 이리 없어 정붙이고 살자 하면 속절없이 떠나가니 송장을 치른 것이 지금까지 몇이던가. 애고애고 설운지고. 나를 만일 못 잊어서 눈을 감지 못한다면 날 잡아가, 날 잡아가. 애고애고 설운지고."

한참 통곡하고 나서 사잣밥 지어놓고 지붕에 올라가서 망자를 부른 후에 혼자말로 탄식하며,

"적막한 이 산중에 나 혼자 울어서는 낭군 치상 할 수 없어 차게 식은 낭군 송장 구더기 밥 될 터이니 이대로는 안 되겠다. 대로변에 앉아 울다 지나가는 사내 후려 초상을 치른다면 그 수가 가장 옳다."

초상에 이력 있어 소복은 많았으니 무명으로 짠 저고리, 거친 베로 만든 치마, 오이씨 같은 고운 발에 버선 신고 짚신 신고, 흐트러지게 푼 머리 구름같이 곱게 얹고, 발그레한 두 뺨가에 눈물 흔적 더 예쁘다. 아장아장 고이 걸어 대로변 건너가서 시냇가에 펄썩 앉아 애절히도 우는구나. 본래 서도西道 여인이라 목소리가 좋았으니 스러져 가는 듯이 앵앵하고 우는구나. 그 소리를 들어보면 묵은 서방 제쳐두고 새 서방 후리는 듯, 오죽 맛이 있겠느냐. 사설은 망부사 비슷하게 염장은 연해 '애고애고'로 막겠다.

"애고애고 설운지고. 이내 신세 가련하다. 스무 살이 겨우 넘어 삼남으로 찾아오니 아는 사람 하나 없는 쓸쓸한 객지로다. 팔자 궁합 좋다기에 두말 않고 얻은 낭군, 놀고먹고 속 썩이다 하룻밤 새 죽었으니 팔자 그리 험궂던가. 구곡간장 애간장이 바싹바싹 타는

구나. 원통한 이 사연을 그 뉘가 알아주나. 애고애고 설운지고. 나무 위에 우는 황조 벗을 오라 한다마는 황천 가신 우리 낭군 뭔 재주로 불러오며, 두견새 우는 소리 떠난 님을 부르지만 초상도 못한 내가 뭔 염치로 맞이할까. 일장춘몽 짧은 봄날 내 신세를 어찌하나 해마다 봄이 되면 꽃·나비는 또 오는데 낭군 어이 안 오실까. 애고애고 설운지고. 염라국이 어디 있어 우리 낭군 가 계신고. 북쪽바다에 있다 하면 정성 들여 쓴 편지를 기러기 발에 묶어 고이 날려 보낼 테요. 북망산이 가까우면 앵무새가 날아와서 보고픈 님의 소식 속 시원히 전하련만, 서로 믿고 의지하던 부부의 정 어디 가고 영영 이별하였던가. 애고애고 설운지고!"

애절한 목소리가 화주성^{華周城}이 무너질 듯 시냇물이 목멘다.

2-5.
어찌 승속을 가리겠소

이때에 꽃밭으로 나비 하나 날아온다. 덤벙대는 꼬락
서니 붉게 칠한 갓을 쓰고 주황색 실 나비수염, 은구
영자 공단 끈을 두 귀에 덮어 매고, 총감투 소년당상
외꽃 같은 은관자를 양편에 떡 붙이고, 서양포 대쪽
누비 위아래 같이 입고, 한산모시 지어 만든 장삼을
겉에 입고 진홍색 실띠까지 맵시 있게 둘렀구나. 푸
근한 솜버선에 짚신을 밟아 신고 은으로 꾸민 승도僧
刀 옷고름에 걸어 차고, 한 손엔 비단부채 반쯤 펴 들
었구나. 동구 밖 기생집서 술 처먹고 반쯤 취해 용머
리 장식 큰 지팡이를 이리로 철철 저리로 철철, 푸른
산속 굽잇길을 흐늘거려 내려오다, 울음소리 잠깐 듣
고 주위를 둘러보며 한참을 서 있구나.
옹녀를 얼른 보고 가만가만 들어가니 재치 있는 저

여인이 중 오는 줄 먼저 알고 온갖 교태 다 부린다. 고운 얼굴 번듯 들어 먼산도 바라보고, 치맛자락 돌려다가 눈물도 씻어 보고, 섬섬옥수 잠깐 들어 턱도 받쳐 보고, 설움을 못 이기어 머리도 뜯어 보고 갈수록 섧게 운다.

"내 신세를 생각하면 해당화 저 가지에 목을 매고 죽을 텐데, 동백 같은 이내 미모 아직 청춘 멀었으니, 이리 세상 하직하면 주인 없이 떠도는 외로운 혼령 그 아니 원통한가. 광대한 천지간에 풍류남아 미남자가 응당 많이 있건마는 내 속마음 아는 남자 어딜 가서 헤매시나. 애고애고 설운지고."

중놈이 옹녀 보고 정신 반쯤 놓았구나. 우는 말을 들어보니 죽을밖에 수가 없다. 참다 참다 못 견디어 쑥 나서며 말을 한다.

"소승 문안드리오."

옹녀가 힐끗 보고 듣고도 못 들은 체 계속 울며,

"오동에 봉황 없으니 까마귀가 지저귀고, 녹수에 원앙이 없으니 오리가 날아든다. 애고애고 설운지고!"

중놈이 이 말을 들으니 저를 업신여기는 말이어든 죽고살기 각오하고 바짝바짝 달려들며,

"소승 문안이오! 소승 문안이오!"

옹녀가 울음을 그치고서 점잖이 꾸짖는다.

"중이라 하는 것이 부처님의 제자로서 계율을 굳게 지켜 해탈해야 할 터인데, 벌건 대낮 산중 수풀 속 처음 보는 여인에게 체면 없이 달려드니 그 버릇이 괘씸하다. 문안은 그만하고 갈 길이나 어서 가세."

저 중이 대답하되,

"부처님의 제자기로 자비심이 많삽더니 보살님 우는 소리 뼈저려서 못 듣겠네. 우는 사연 들어보세."

옹녀가 대답하되

"우리 내외 단둘이서 서로에게 의지하며 산중에서 살아 자식은 고사하고 이웃사촌 하나 없는데 불행히 서방 죽고 초상을 하려 해도 송장조차 못 친다오. 여인 혼자 힘으로는 도저히 할 수 없소. 용기 있는 남자 만나 서방 초상 치른 후에 청춘 수절할 수 없으니 그 사람과 부부되어 백년해로 하려 하오. 대사의 말씀대로 자비심이 있으시면 근처로 다니시다 상남자를 만나거든 내게로 보내시오."

저 중이 또 물어,

"우리 절 중에도 자원할 이 있으면 가르쳐 보내리까?"

"치상만 한다면야 그 사람과 살 터이니, 승속을 가리겠소."

저 중이 옹녀 말에 크게 기뻐하며,

"그러면 잘 되었소. 그 송장 내가 치고 나와 살면 어떠하오?"

"아까 다 한 말이니 다시 물어 무엇하오?"

저 중이 좋아라고 붉은 갓을 벗어 찢고 비단 갓끈 금관자는 주머니에 떼어 넣고, 장삼 벗어 띠로 묶어 어깨에 둘러멨네. 여인은 앞을 서고 대사는 뒤에 서서 집을 찾아 올 적에, 중놈이 좋아라고 장난이 심하구나. 여인의 등덜미에 손도 쑥 넣어 보고, 젖도 불끈 쥐어 보고, 허리 질끈 안아 보고, 손을 꽉 잡아 보며,

"암만 해도 못 참겠네. 우선 한 번 하고 가세."

여인이 책망하며,

"바삐 먹으면 목에 메고 급히 데우면 쉬 식나니. 여색에 주린 해가 아무리 오래라도 죽은 서방 방에 두고 새 낭군과 그 노릇은 가당치도 않네그려. 마음 조금 진정하소."

중놈이 대답하되,

"딴에는 그러하네."

수박 같은 대가리를 짜웃짜웃 흔들면서,

"십 년 공부 아미타불, 참부처는 될 수 없어 삼생가약三生佳約: 약혼을 달리 이르는 말 우리 미인 가부처家夫妻, 假부처나 되어 보세."

2-6.
송장 하나 또 생겼네

집 앞에 당도하여 중놈이 의기양양,

"시체는 어디 있나?"

여인이 손짓하며,

"저 방에 있소마는 시체가 불끈 서서 그 모양이 험악하니 단단히 마음먹어 놀라지 말게 하오."

이놈이 여인에게 호언장담 버썩 하며,

"우리는 겁이 없어 야삼경 깊은 밤에 궂은비가 흩뿌려도 으스스한 토굴에서 혼자 자는 사람이라, 그 같은 송장 따위 조금도 염려 없지."

겉으로는 용기 있게 큰소리를 뻥뻥 쳐도 지놈도 사람인데 어찌 아니 겁나겠나. 속으로 주문 외며 방문 열고 들어서니 송장을 얼른 보고 고개를 푹 숙이며 제버릇 하노라고 두 손을 합장하고 문안 죽음으로 열반

했네. 옹녀가 염할 때 쓰는 종이 챙겨 문을 열고 들어가니, 허망한 저 중놈이 벌써 이꼴 되었구나. 깜짝 놀라 발 구르며,

"애고, 이게 웬일인가. 송장 하나 치려다가 송장 하나 또 생겼네."

방문을 콱 닫고서 뜰 가운데 홀로 앉아 자기 신세 생각하니 기가 막혀 죽겠구나.

"여보시오, 변서방아. 어찌 그리 무정한가! 청석관서 만난 후에 방방곡곡 다니면서 간신히 모은 재산 노름으로 다 까먹고 산중에 들어가서 조용히 살자 했더니, 장승은 어찌 패어 요절을 하였는가. 자네가 자초한 일 그 누구를 원망하나. 흉악한 저 송장을 나 혼자서 어찌할까. 대로변에 가는 중을 간신히 후렸더니 철없는 귀신 낭군 시샘을 하느라고 귀한 목숨 걸어갔네. 이 소문 나거들랑 송장 칠 놈 있겠는가. 송장만 쳐낸 후에 평생수절 할 터이니, 다시는 강짜 마소. 애고 애고 내 신세야. 치상治喪을 누가 할꼬."

2-7.
초라니가 방정 떠네

불쌍하게 우노라니 뜬금없는 친구 하나 홀연히 등장하여,

"예, 돌아왔소. 구름 같은 집에 신선 같은 나그네 왔소. 퉤! 옥 같은 입에서 구슬 같은 말이 나오. 퉤! 이개야 짖지 마라. 낯은 왜 안 씻느냐 눈곱이 따닥따닥. 나를 보고 짖느니 네 할아비를 보고 짖어라. 퉤!"

이런 야단 없었구나.

옹녀가 살펴보니 구슬장식 벙거지에, 장구는 바짝 조여 매고, 다 떨어진 누비저고리에 때 묻은 붉은 전대, 조개장식 주머니는 주홍 끈으로 묶었구나. 후줄근한 허리띠에 담배쌈지 둘러차고, 버선코를 길게 빼어, 장터에서 산 짚신을 헝겊으로 동여매고, 다 찢어진 부채에 노란 수건 휘휘 감아 뒷덜미에 비슷 꽂고, 너

덜너덜 헌 망건을 짓눌러 덮어 썼다. 굵고 거친 무명 한삼 무릎 아래 축 처지고, 몸집은 짚단 같고 배통은 물 항아리, 도리도리 두 눈구멍 흰색 물감 테두리, 납작한 콧마루에 말굽 징 총총 박고, 꼿꼿한 센 수염이 양편으로 펄렁펄렁, 반백이 넘은 놈이 목소리는 새된 것이 비지땀을 씻어 내며 침을 탁 뱉으면서,

"예, 오노라 가노라 하노라니, 우리 집 마누라가 아주머니 찾아가서 문안 인사 공손히 하랍디다. 당 동 당, 페!"

옹녀가 기가 막혀 초라니를 나무란다.

"아무리 초라닌들 어찌 그리 경망한가. 낭군 초상 못한 집에 장구 소리 부당하다."

"예, 초상이 났다지만 산 사람은 살고 죽을 사람 죽어야지. 뛰어난 내 솜씨로 잡귀·잡신 소멸하자. 페, 당 동 당! 정월 이월 드는 액은 삼월 삼일 막아 내고, 사월 오월 드는 액은 유월 유두 막아내고, 칠월 팔월 드는 액은 구월 구일 막아 내고, 시월 동지 드는 액은 납월 납일 막아내고, 매월 매일 드는 액은 초라니 장구로 막아내세. 페, 당 동 당! 통영칠 둥근 상에 쌀이나 되어 놓고 명실과 명전이며, 귀가진 저고리를 아끼지 마옵시고 어서어서 내어놓소."

"여보시오, 이 초라니, 가가 문전 들어가면 오라는 데

어디 있소?"

"뒤꼭지 지르면서 핀잔 악담 하는 것을 꿀로 알고 살 았으니 때려 죽여도 못 가겠소. 박살해도 못 가겠소."

억지를 마구 쓰니 옹녀가 대답하되,

"청산유수 유창한 말 듣기에는 좋지마는 서서 죽은 송장이라 쳐낼 사람 없어 시각이 민망하네."

초라니가 좋아라 하고 장구를 두드리며 방정을 떠는 구나.

"횡재로다, 횡재로다. 길가다가 횡재로다. 불리었다, 불리었다, 좋은 바람 불리었다! 페, 당 동 당! 재수 있 네, 재수 있네, 찢어진 눈 재수 있네! 복이 있네, 복이 있네. 납작한 코 복이 있네. 페, 당 동 당! 어젯밤 꿈 좋 기에 이상하게 여겼더니, 이 댁에 찾아와서 송장 횡재 터졌구나. 페, 당 동 당! 신사년 괴질 통에 험악하게 죽은 송장 내 손으로 다 쳤으니, 서서 죽은 송장 치기 누워서 떡 먹기요. 삯을 먼저 결정 하오. 페, 당 동 당!"

옹녀가 게으른 강쇠에게 만정이 떨어지다 초라니 거 동 보니 부지런키 그지없어, 돛대 끝에 앉아서도 정 녕 아니 굶겠구나. 애긍히 대답하되,

"가난한 이 살림에 돈 없고 곡식 없어, 초상 마친 연 후에 부부되어 살 터이오."

초라니 또 덤벙대며,

"얼씨구나 멋있구나. 절씨구나 좋을시고! 페, 당 동 당! 풍류 아는 오입쟁이 일색미인 만났구나! 시체 방 문 어서 여시오. 내 솜씨로 쳐서 넬게. 페, 당 동 당!"

2-8.
송장 셋을 어찌할꼬

옹녀가 방문 열 때 초라니 행실 보소. 시체방 문 앞에 당도하니 몸치장을 매우 하여, 장구 끈 졸라매고 채 잡은 손 힘을 주어 험악한 저 송장을 제 고사로 누이기로 부지런히 서두는데,

"여보시오 저 송장아. 이내 말을 들어보소. 페, 당 동 당! 천지간에 생긴 사람 늙어 죽든 젊어 죽든 반드시 한 번 죽어 혼백은 귀신 되고 육신은 송장 되니, 무슨 원통 속에 있어 혼령은 안 떠나고 송장은 뻣뻣 섰나. 페, 당 동 당! 내 말을 들어보면 자네 원통 다 풀리리. 살았을 제 이생이요 죽어지면 저생이라. 만사가 뜬 구름이 되었으니 처자 어찌 따라갈까. 은혜와 원수 모두 헐리어 깨지어 자세히 보니 옛사람의 탄식일세. 페, 당 동 당!"

보드랍던 장구채가 세 도막만 소리하여,

"꽁 꽁 꽁."

풀잎 같은 새된 목이 고비 넘길 수가 없고, 날쌔게 놀던 몸집 사지가 뒤틀리고 등줄기에 땀이 나며 가쁜 숨이 어깨춤에 턱까지 차올라서 한 다리는 오금 죽여 턱 아래 장구 얹고, 목숨 끊어질 때 한마디 목이 하염없이 구성지다. 세 도막 꽁 치며 고사 죽음 돌아가니 옹녀가 깜짝 놀라 손바닥을 딱딱 치며,

"또 죽었네, 또 죽었네, 방정맞은 저 초라니 천방지축 덤벙이다 허망히도 돌아간다. 고단한 내 한몸이 세 송장을 어찌할꼬."

2-9.
풍각쟁이들이 오는구나

옹녀 담배를 피워 물고 먼산 보고 앉았더니, 대목 앞
둔 장날인가 풍년 든 들판인가 울긋불긋 차려입은 무
리들이 들어온다. 풍각쟁이 한패구나. 그중에 앞선
가객 다 헤어진 통량갓을 노끈으로 매어 쓰고, 소매
없는 창옷을 권생원조선 후기의 판소리 명창 권삼득께 얻어 입
고, 때 묻은 무명 저고리 모동지조선 후기의 판소리 명창 모흥
갑께 얻어 입고, 앞만 남은 푸른 도포 신선달조선 후기의
판소리 명창 신만엽께 얻어 입고, 지저분한 털조끼를 송선
달조선 후기의 판소리 명창 송흥록께 얻어 입고, 부채를 부치되
뒤에 있는 놈만 시원하게 부치면서 들어와 쓰는 말
씨, 경조京調 원터도 못 가고 금강 이쪽 경조였다.
"여보시오, 마누라 댁. 줄줄이 사람 죽어 송장이 많다
하니 내가 힘써 다 쳐내면 나랑 둘이 살겠는가?"

옹녀가 대답하되,

"무슨 재주 가졌기에 그리 자신만만하오."

"예, 나는 소리 명창 가객이오."

옹녀가 또 묻기를

"송선달을 아시오?"

"예, 그게 내 제자요."

"신선달을 아시오."

"내 둘째 제자지요."

"세상사람 하는 말이 모란은 화왕花王이요 송선달은 가왕歌王이라 겨룰 자가 없다는데, 그 사람들 선생 되면 당신의 목소리는 소리판의 천자겠소."

이놈이 으스대며 대답을 하는구나.

"남들이 그렇다고 수군수군 한답디다."

그 뒤에 두 눈 먼 빡빡 얽은 통소쟁이 헐렁하게 넝마 입고 통소를 쥐었구나. 지팡이 잡은 아이 열댓 살 거의 된 놈 굵은 무명 홑바지에 허름한 버선 신고, 비단 주머니 묶어 차고, 짙은 초록 낡은 창옷, 송화松花같이 노란 동정, 쇠털 같은 노랑머리 댕기로 땋아 묶고, 날렵한 모양새의 검무劍舞칼을 가졌구나. 가야금 타는 사람 빳빳 마른 중늙은이 피죽도 못 먹었나 피골이 상접했네. 토질병 기침 소리 꽹과리 소리 같고 긴 손톱 검은 때와 들창코 콧수염이 입술을 덮었구나. 떡

메처럼 생긴 모자 대갓끝에 가야금을 맸으되, 경상도 경주도읍 그 시절에 난 것이라, 복판이 좀 먹고, 끊어진 열두 줄은 망건 줄로 이어매고, 쥐똥나무 괘를 괴어 주석고리 끈을 달아 왼 어깨에 메었구나. 북 치는 놈 맵시 보소. 엄지머리^{총각으로 늙는 사람이 하는 머리} 총각 놈이 여드름과 개기름이 용천뱅이 초 잡은 듯 짧은 머리 길게 땋고 날치기로 늙은 놈이 쳇바퀴 열두 도막 도막도막 주워 이어 부드러운 개가죽으로 북을 매어 쐐기 박아 끈을 달아 양 어깨에 둘러메고, 거들거리며 들어오며 장담들을 서로 한다.

"송장이 어디 있소? 그 같은 것 쳐내기는 아무 일도 아니네. 똥 누기는 발허리나 시리제."

2-10.
송장 여덟을 어찌하나

옹녀가 크게 놀라 두 손을 내저으며,

"그렇게 장담하다 실없이 죽은 사람 몇이 된 줄 모르겠소."

저 사람들 대답하되

"그 염려는 마시오. 내 노래 한 곡조면 귀신도 감동하여 눈물을 흘릴 터요, 가야금으로 말하자면 오랑캐에게 시집가는 왕소군이 노래한 '가야금을 뜯으면서 만리장성 넘어가니 다시 돌아올 수 있나 고향 산천 그리워라.' 그 노래를 듣고 나서 호송하던 하인들도 눈물을 흘렸고, 옹문금擁門琴 슬픈 소리 맹상군孟嘗君도 울렸으니, 나 또한 슬픈 곡조 처량히 타거들랑 맛있는멋있는 저 송장이 나를 괄시할 수 없지."

퉁소쟁이 하는 말이,

"내 퉁소 부는 법은 가슴 시린 슬픈 소리, 계명산 달밤에 장자방張子房*의 곡조로다. 한漢 고조 유방이 해하垓下를 포위하여 항우가 사면초가四面楚歌 곤경에 빠질 때 위용 잃은 팔천 병사 모래처럼 흩어지자 우미인은 목 찌르고 항우도 울었다네. 제까짓 송장이야 동지섣달 불강아지."

북치는 놈 내달으며,

"이내 솜씨 북을 치면 전단田單: 전국시대 제(齊)나라의 명장이 되놈 칠 제, 전쟁터에 우뚝 서서 북을 치던 그 소리, 장비가 고성현古城縣에서 관공님의 용맹 보자 세 번 북을 치던 소리 같으니, 제 아무리 험한 송장이라도 아니 쓰러질 수 있나."

검무 추는 아이놈이 양손에 칼을 들고 기생 추는 칼춤 사위 번듯번듯 둘러메고,

"여보시오, 걱정 마오. 소년 십오 이십 시에 칼 한 자루 가지고서 백만 대군 제압하네. 홍문鴻門의 큰 잔치에 유방을 죽이려던 항장項莊: 항우의 사촌동생의 칼춤도 내게 당할 수 없고, 양소유陽少游: 김만중의 소설『구운몽』의 주인공 대진 중에 심요연『구운몽』 속 팔선녀 중 하나로 자객이었음의

---

* 장량(張良). 한나라를 세운 유방의 공신. 홍문연에서 유방이 항우에게 죽을 뻔했을 때 그를 구했고, 책략이 뛰어나 소하와 함께 한나라 창업에 힘썼음.

추던 춤이 내게 미치지 못할 테니, 송장 치기 두 말 있나. 송장 방이 어디 있소?"

각기 재주 자랑하니, 옹녀가 생각한즉 식구는 여럿이요, 재주가 저만하니 송장 서넛 쳐내기는 염려가 없겠더라.

"여보시오, 저 손님네. 송장 먼저 보아서는 기겁을 할 터이니, 시체 방문 닫은 채로 툇마루에 늘어앉아 풍류를 놀아 보면 송장도 감동하여 바닥에 누울 테요. 그리되면 묶어 내기 훨씬 더 수월하니 그리하면 어떠하오?"

"그것이 좋겠구려."

풍각쟁이 한패가 무당집 악사처럼 마루에 늘어앉아 여민락·심방곡*을 재미있게 한참 노니, 방에서 찬바람이 스르르 일어나 쌍창문이 절로 열려 온몸이 으스스하며 독한 냄새 코 찌르니, 눈 뜬 식구 송장 보고 제멋대로 다 죽는다.

가객의 거동 보소. 초한가를 한참 할 제,

"후세 영웅 장사들아 초나라와 한나라의 승부를 들어보소. 힘과 재주 부질없고 백성 마음 얻는 것이 제

---

* 여민락은 조선시대에 임금의 거동 때나 궁중의 잔치 때에 연주하던 음악. 심방곡은 국악 가곡의 원형 가운데 만대엽보다는 빠르고 삭대엽보다는 느린 중간곡.

왕 되는 으뜸일세. 한나라 유방의 십만 대군 구리산九里山에 진을 치고, 초나라 패왕 잡으려고 곳곳에 날랜 병사 산마루 고개마다 복병이 매복했네."

목청 좋게 한 곡 뽑고 부채를 쫙 펼치며 남은 숨이 딸깍. 가야금 놀던 사람은 짝타령을 타느라고,

"황성에 허조벽산월虛照碧山月이요 고목은 진입창오운盡入蒼梧雲이라** 하던 이태백으로 한짝. 삼년적리관산월三年笛裏關山月이요 만국병전초목풍萬國兵前草木風이라*** 하던 두자미두보로 한짝. 둥 덩 덩지 둥 덩 동!"

그만 식고.

북 치던 늙은 총각 다시 치는 소리 없고, 칼춤 추던 어린 아이 오도가도 아니하고 꽉 선 채로 죽었구나.

통소 불던 얽은 봉사만 송장 낯을 못 본 고로 죽음 차례 모르고서 먼 눈 번뜩이며 봉장취를 한창 불 때, 무서운 기 왈칵 들고 독한 냄새 칵 지르니 내밀 힘이 점점 줄어 그만 자진하였구나.

옹녀가 기가 막혀 울음도 안 나오네.

"애고 이를 어찌할꼬! 이것들 앉은 대로 여기다 두어서는 다른 사람 와 보아도 우선 놀라 도망갈 터. 방 안

** 허물어진 성에 푸른 산 달만 허허로이 비추고, 고목은 모두 다 창오(순임금이 죽은 곳)의 구름 속에 들었다네.

*** 3년을 피리소리로 관산월 노래를 듣고 만국의 병력 앞에 초목이 바람에 날린다.

에 감춰 두자."

하나씩 고이 안아 좁은 방 시렁 밑에 나란히 두었더
니, 기막힌 그 정경이 염라대왕 궁이로다.

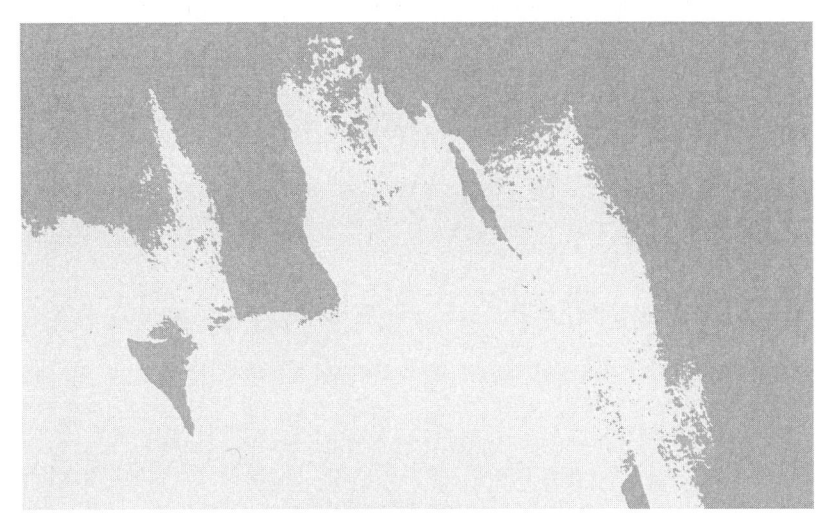

『변강쇠가』

3부
뎁득이가 깨닫고서
고향으로 돌아가네

3-1.
이봐 벗님네야, 뎁득이가 왔소이다

시체방 문 닫고서 대로변 바라보니, 어떤 이가 소리 창을 맛깔나게 하는구나.

"이봐 벗님네야, 이때는 어느 땐고, 하사월 초파일에 제비 펄펄 날아오네. 날 저문 산길에 어디로 가자느냐, 천지를 지붕 삼고 해와 달로 등불 삼고, 남의 집 내 집 삼고, 그림자 동무 삼고, 멍석자리 장판 삼아 두루 질러 다녔다네. 달 밝고 차가운 밤 광교청계천에 있는 다리에 기대서서 이내 신세 생각하니 팔만장안 억만 가구 방방곡곡 가가호호 귀돌적간귀퉁이에 외롭게 떨어져 있는 집을 꿰질러 다니며 보아도 이런 벌건 목두기이름이 무엇인지 모르는 귀신의 이름의 아들놈 팔자 어디 있나. 애고 애고 설운지고!"

으스러지게 부르면서 문 안으로 들어오니, 소털로 짠

벙거지 넓은 끈 졸라매고, 곰방대는 등덜미에 대충 꽂아 넣고, 때 묻은 바지저고리, 가죽으로 만든 전대 허리에 잡아매고, 발감개 곱게 하여 짚신을 신었구나. 장승 같은 키에, 징짝 같은 낯에, 등잔만 한 눈에, 메주덩이 코에, 쌀되 같은 입에, 거룻배만 한 발이로다. 초라니 탈 아니 써도 천생 말뚝이 뿐이어든, 옹녀를 썩 보더니 세 치 혀를 쭉 내밀며,

"낭군 송장 치워 주면 같이 살잔 마누라요?"

"발 없는 말 천 리 가니 소문 한번 빠르구나. 그대는 어이 알고 이리 찾아오시었나. 내가 그 마누라요."

"그놈의 송장이 어떻게 죽었나요?"

"벌떡 일어서서, 두 주먹 불끈 쥐고."

이놈이 기뻐하며,

"어떤 이를 콱 치자고 두 다리 벋디디고, 어떤 이를 탁 차자고 두 눈을 부릅떴소? 애개, 그것이 창병瘡病이오. 참으로 요상하나 해치울 방법 있소. 이 집에 갈퀴 있소?"

"예, 있소."

"그 갈퀴 이리 주소. 저놈의 부릅뜬 눈 내가 감게 해 보리다. 내 두 눈 꼭 감고서 송장 눈 긁을 테니, 눈 윗시울 닿았으면 닿았다고 일러주오."

이놈이 갈퀴 들고 방안에 들어서서 두 손으로 갈퀴

들어 송장 눈에 딱 대면서

"윗시울에 닿았소?"

여인이 뒤에 서서,

"조금 더 올리시오."

"닿았소?"

"조금만 내리시오."

"닿았소?"

"닿았소."

3-2.
옹녀 보고 찾아왔다 송장 보고 달아나네

딱 잡아 내린 것이 손이 조금 미끄러져 아랫시울 긁었으니 눈이 뚝 튀어나와 노려보는 그 눈매가 호랑이가 따로 없네. 이놈이 깜짝 놀라 갈퀴를 내던지고 그물 냄새 맡은 숭어 뛰듯, 선불급소에 바로 맞지 아니한 총알 맞은 호랑이 닫듯, 걸음아 날 살려라, 곧 들고 째는구나.
옹녀가 크게 놀라 급히 달려 쫓아가며,
"여보시오 저 손님네. 말씀이나 하고 가오!"
저놈이 손사래 치며,
"그런 소리 하지 마오. 나는 가오, 나는 가오. 무서운 건 질색이라, 나는 이제 못하겠소!"
옹녀가 연이어 불러,
"송장 치라 아니 할 테니, 내 말 잠깐 듣고 가오!"
꽃 같은 저 미인이 옥 같은 목소리로 따라오며 간청

하니, 오입한 사람이라 어찌할 수 없으렷다. 돌아서며 대답하되,

"무슨 말씀 하시려오?"

여인이 하는 말이,

"길 위에 세워두고 할 말은 아니오니 내 집으로 돌아가서 딴 방에서 잠을 자고, 내가 이리 적적하니 말벗이나 하옵시다."

저놈이 기뻐하여,

"그리합시다."

여인의 손목 잡고 도란도란 정담하며 집으로 돌아올 제, 옹녀가 궁금하여 소상히 물어본다.

"어디서 사옵시며 존호는 누구신데 어디로 가시다가 내 집을 어찌 알고 수고로이 오시었소?"

저놈이 대답하되,

"예, 나는 서울 사는 재상댁의 말몰이꾼 뎁득이요. 경상도 황산역에 좋은 말이 있다기에 그리로 가는 중에 여인이 일색인데 험하게 죽은 낭군 초상을 치러 주면 그 사내와 연을 맺고 백년해로 한단 말이 삼남 천지 들썩하여 사람마다 전하기에 이 몸이 그 말 듣고 불원천리 찾아왔소."

"서울 살고 신수가 훤한데도 송장에 겁먹어 버리고 가셨으니 내 얼굴이 누추하여 당신 눈에 아니 드오?"

뎁득이 이 말 듣고 옹녀의 등을 치며,

"미인 보면 정 있다가 송장 보면 정 떨어지오."

말솜씨 좋은 옹녀, 뎁득이를 부추기네.

"죽은 제갈공명이 산 사마중달司馬仲達을 도망가게 했
다는 말 옛글로만 들었더니, 이렇게 좋은 풍채를 가
진 남자가 송장에게 쫓긴단 말, 남 보기가 부끄러워
어디 가서 할 수 있나. 불쌍한 이내 신세 버리고 가옵
시면 산 목숨을 끓을 테니 그 아니 불쌍하오. 날 살리
쇼, 날 살리쇼! 한양 낭군, 날 살리쇼! 자네 만일 가려
하면, 나를 먼저 죽여주소!"

허리를 질끈 안고 온갖 아양교태를 다 부리니, 사내
놈이 뒤가 풀려 허리에 맨 전대로 옹녀 눈물을 닦아
주며,

"울지 마쇼, 울지 마쇼! 아니 감세, 아니 감세! 죽으면
내가 죽지, 자네 죽게 하겠는가?"

집으로 들어오며 기막힌 꾀를 내어,

"자네 집에 떡메 있나?"

"떡메는 무엇하게?"

"머리를 쓸 일이지 힘쓸 일이 아니라네."

옹녀가 그 말 듣고 떡메를 내어 주니, 뎁득이 둘러메
고 집 뒤로 돌아가서, 주해朱亥: 전국시대 위(魏) 나라 신릉군의
부하로 백정이었음가 진비晉鄙 치듯, 경포黥布: 한나라 때 장수가

함관函關 치듯, 뒷벽을 쾅쾅 치니, 송장이 벽에 치어

덜퍼덕 넘어졌네.

뎁득이가 좋아라고 땀 씻으며 장담하여,

"제깟 놈이 얻다 가서!"

3-3.
각설이패 송장 지고 북망산 찾아갈 제

옹녀는 더위 식혀 준다 부채질하고 뎁득이는 송장을 묶어 내려 할 때, 제 아무리 장사기로 송장 여덟을 질 수 있나. 근처 마을 찾아가서 삯군을 얻으려니 때마침 각설이패 셋이 달려드는구나. 온 머리를 칭칭 싸동이고 가로 약간 남은 털을 감이상투 엇비슷하게 하여 이마에 붙이고서 영남의 장돌림이라 영남장만 세며 가것다.

"떠르르 돌아왔소. 각설이라 멱설이라 동설이를 짊어지고 똘똘 모아 장타령! 안경 파는 경주장, 상복 파는 상주장, 이 술 잡숴 진주장, 우리 성 다스리는 성주할 때 성주장, 말을 모니 마산장, 펄쩍 뛰어 노루골장, 명태 옆에 대구장, 순시巡視 앞에 청도장."
한 놈은 옆에 서서 입장구^{조그마한 장구} 낑낑 치고, 한 놈은 살만 남은 헌 부채로 뒤통수를 탁탁 치며 두 다리를 빗디디고 허릿짓·고갯짓 하는구나.

"잘한다, 잘한다! 서당에서 한 공부냐, 실수 없이 잘한다! 동삼童蔘: 어린아이 모양처럼 생긴 산삼 먹고 한 공부냐, 기운차게 잘한다! 목구멍에 불을 켰나, 훤하게도 잘한다! 뱃가죽도 두껍다, 끝이 없이 나온다. 네가 저리 잘할 적에 네 선생은 할 말 있나. 네 선생이 나로구나, 잘한다, 잘한다! 대목장에 목쉴라. 잘한다, 잘한다! 너 못하면 내가 하마."

옹녀가 묻는 말이,

"목소리는 명창이오. 우리 집에 송장 많아 지금 묶어 내려 하니, 함께 묶어 지고 가준다면 삯은 후히 쳐줄 테니 생각이 어떠한가?"

저놈들 하는 말이,

"송장을 쳐내 주면 여인하고 산다기에, 짚신짝 떼 붙이고 애써애써 예 왔더니 잽싸게도 어떤 놈이 송장을 쳐냈구나. 송장 하나 닷 냥 삯에 술·밥·고기 잘 먹이면 두말 않고 나르리다."

옹녀가 허락하니, 네 놈이 달라붙어 한 등짐에 두 말이씩 가마니로 곱게 싸서, 삼껍질로 단단히 얽은 후에, 짚으로 밖을 싸서 새끼줄로 여러 번 묶었구나. 새벽달이 지기 전에 네 놈이 짊어지고, 옹녀는 뒤를 따라 북망산을 찾아갈 제, 상여꾼 곡소리가 처량하게 울리누나.

"어이 가리, 어허 너허! 등잔 든 놈 어디 가고 담뱃불만 밝았으며, 장례 돕는 사내종과 곡하는 계집종은 어디 가서 뭘 하기에 두견새만 슬피우노. 어허 너허! 죽은 사람 이름 적은 깃발은 어디 가고 작대기만 짚었으며, 앙장仰帳: 상여 위에 치는 휘장·휘장은 어디 가고 헌 자리를 덮었는고. 어허 너허!

장강틀둘 이상의 길고 굵은 멜대로 맞추거나 얽어맨 틀로 흔히 상여 따위를 운반할 때에 씀은 어디 가고 지게 송장 되었으며, 상제 복인 어디 가고 가려한 미인만이 덩그러니 따라오나. 어허 너허!

북망산이 어떻기에 천하영웅 다 가실까. 진시황의 여산 무덤, 한 무제의 여릉 무덤, 초 패왕의 곡성 무덤, 위 태조의 장수총이 모두 다 북망이니 생각하면 허망하다. 어허 너허!

너 죽어도 이 길이요, 나 죽어도 이 길이라. 북망산천 돌아들 제, 어욱새·더욱새 떡갈나무 가랑잎, 잔 빗방울 큰 빗방울, 소소리바람 뒤섞이어 으르렁 시르렁 슬피 불제, 어느 벗님 찾아오리. 어허 너허!

진晉나라 유령劉伶이 생전에 즐기던 술도 죽으면 그만이요, 사공자 신릉군은 살아 생전 부귀공명 모든 것

을 다 누려도 죽고 나서 잊혀지니 그 무덤이 논밭 됐
네. 어허 너허!

저승 가는 여덟 분이 모두 다 호걸이라. 맛 좋은 술,
예쁜 계집, 좋은 노래, 귀한 악기 어찌 잊고 북망산천
돌아가노. 어허 너허!"

3-4.
강쇠 놈 강짜에 네 놈이 땅에 붙다

한참을 지고 가니 무겁기도 하거니와 길가에 있는 언덕 쉴 자리 매우 좋네. 네 사람이 함께 쉬려고 짐머리를 서로 대어 한 줄로 부리고 어깨를 빼려 하니 그만 땅하고 송장하고 짐꾼하고 꼭 붙어 버렸구나. 네 사람이 할 수 없어 서로 보며 통곡한다.

"애고애고 어찌할꼬. 천지개벽 한 연후에 이런 변괴 또 있을까? 한 번을 앉은 후에 다시 일어설 수 없네. 그림 속 사람인가 법당의 부처인가, 애고애고 설운지고. 뎁득이 자네 신세 고향은 언제 가고, 오라는 데 없어도 갈 데는 많았던 우리 각설이패 장날에 다 놀았네. 애고애고 설운지고. 여보시오, 저 여인네, 이게 다 뉘 탓이오. '죄는 내가 지었으나, 벼락은 너 맞아라!' 이러한 맘을 먹고 구경하고 앉았는가. 이런 법이 어디 있나. 주인 송장, 손님 송장, 당신 말은 들을 테니 빌기나 하여 보소."

옹녀가 비는구나.

"여보시오, 변 낭군아 이것이 웬일인가. 험악하게 죽은 송장 방안에서 썩을 것을 이 네 사람 공덕으로 그 신세는 면했는데, 가만히 누웠으면 명당을 깊이 파고 육신을 묻을 것을, 시절을 모르고서 강짜를 막 부리니 사람 어찌 살겠는가. 집에서 하던 짓은 우리끼리 보았지만 이러한 대로변에 이 망신을 어찌할꼬. 날이 점점 밝아오니 어서 급히 떨어지소. 땅에 묻은 연후에 시묘살이 살아줌세."

뎁득이가 다짐하길,

"여인의 치맛귀나 만졌으면 변강쇠 아들이오. 초상을 치른 후에 조용히 떠날 테니 제발 좀 놓아주소!"

옹녀가 연이어 빌면서,

"중놈·초라니·풍각쟁이 다 각기 사연 있어 이 지경 되었으니 누구를 원망하고 누구를 탓하겠나. 시간만 지체되니 심술일랑 그만두고 어서 급히 떨어지소!"

아무리 애걸해도 꼼짝 아니 하는구나. 날이 훤히 밝아오니 뎁득이 하는 말이,

"배고파서 살 수 없네. 여인은 바가지 들고 동네로 다니면서 밥을 많이 얻어다가 우리들이 먹게 하되, 볏

짚 많이 얻어 오소.”

“짚은 무엇하게?”

“몇 해가 지나든지 목숨 끊기 전까지는 이 자리에 있
을 테니, 비 오면 덮고 있을 도롱이나 틀어 두게.”

3-5.
움생원이 꾀를 내다

옹녀를 보낸 후에 각기 설움 의논할 제, 이것들 앉은 데가 참외밭 앞인지라. 잠을 깨고 밭에 나온 움생원 눈에 띄었구나. 먼지 낀 묵은 갓을 돛 단 듯이 높이 쓰고, 소매 좁은 창옷 입고, 굽 다 닳은 나막신에 긴 담뱃대 가운데 잡고 오다가 사람들을 보고 움생원이 악을 쓴다.

"저것들 웬 놈이냐?"

뎁득이 대답하되,

"담배 장수요."

소리칠 땐 언제고 갑자기 다정스레

"그 담배 맛 좋으냐?"

"맛 좋은 상관초요."

"한 대 떼어 맛 좀 볼까?"

"와서 떼어 잡수시오."

심보 못된 움생원이 담배 욕심 잔뜩 나서 달려들어 손 넣으니, 독한 내가 코 쑤시고 손이 딱 붙는구나. 움생원이 기겁하여,

"이놈, 이게 웬일이냐?"

뎁득이가 뻔뻔하게,

"왜, 어찌하시겠소?"

"괘씸한 놈 버릇없이 점잖은 양반 손을 어찌 쥐고 아니 놓노."

뎁득이와 각설이가 손뼉 치고 웃으면서,

"말은 바로 하오. 내가 아니라 송장이 아니 놓소."

"너 이놈, 송장을 왜 참외밭에 두었느냐."

"참외밭인지 콩밭인지 새벽길에 알게 뭐요?"

움생원이 맘 바꾸어 뎁득이를 달래면서,

"그렇든지 저렇든지 손이나 떼어다오."

네 놈이 각기 문자로 대답하여,

"아궁불열我躬不閱: 자신이 궁하여 남을 돌볼 처지가 못 됨이오."

"오비吾鼻도 삼척三尺이오내 코가 석자."

"동병상련이오."

"아가사창我歌査唱: 내가 부를 노래를 사돈이 부른다는 뜻으로, 꾸짖음이나 나무람을 들어야 할 사람이 도리어 큰소리를 침이오."

움생원이 문자는 알아들어,

"너희도 붙었느냐?"

"아는 말이오."

"세상에 장사가 얼마나 많은데 하필이면 흉측하게 송장 장사 어이 하며, 송장이 어디 있어 저리 많이 받아 지고 어느 장엘 가려느냐. 송장 중에 붙는 송장 내 생전 처음 보았으니, 내력이나 조금 알게 자세히 말하여라."

뎁득이 하는 말이,

"지리산 속 예쁜 여인 낭군이 험하게 죽어 치상을 하여 주면 함께 살자 한다기에 그 집에 찾아간즉 송장이 여덟이라. 간신히 치상하여 각설이 세 사람과 둘씩 지고 가던 중에, 나도 붙고 너도 붙어, 이리 가만앉았으니 그 내력을 알 수 있소."

움생원이 꾀를 내어,

"내게 좋은 수가 있다. 오고 가는 사람들을 보는 대로 다 불러서 송장에 붙여 두면 심심하지 않거니와 무슨 수도 날 것이니, 내 말이 어떠하냐?"

"내가 하기 싫은 일은 베풀지 말라지만, 일이 이리 되었는데 안 될 건 또 무엇 있소. 재주대로 하여 보오."

3-6.
사당패 타령 들어보세

이때에 하동 못골, 창평 고살메, 함열 성불암, 담양, 옥천, 함평, 월앙산 사당패가 창원, 밀양, 마산포, 삼랑 그 근방을 가느라고 그 앞을 지나가다 움생원의 갓을 보고 인사하러 멈춰 섰네.

"소사 문안이오, 소사 문안이오."

사당패 한 무리가 줄을 서서 문안한다. 머리를 곱게 땋아 댕기 묶은 어린 사당, 다리 아파 잘쑥잘쑥 지팡이를 짚은 사내, 두 줄에 다리 넣고 거사 등에 업힌 계집, 수건으로 머리 동이고 긴 담뱃대 문 노인, '하하' 크게 웃으면서 재잘재잘 말도 하고 무수히 오는구나.

움생원이 불러 모아,

"이애 사당들아, 너의 재주대로 한마디씩 잘만 하면, 맛 좋은 상관 담배 두 묶음씩 줄 것이니, 쉬어 감이 어떠하냐?"

이것들이 담배라면 밥보다 더 좋아,

"그리하옵시다!"

놀이판 차린 듯이 가는 길 건너편에 일자로 늘어앉아, 거사들은 북을 치고 사당들은 나이대로 발림을 곱게 한다.

"산천초목 무성하니 구경 가기 즐겁도다. 이야어. 장송은 낙락, 기러기 펄펄, 낙락장송 다 떨어졌다. 이야어. 성황당에 뻐꾹새야, 이 산 가며 뻐꾹뻐꾹, 저 산 가며 뻐뻐꿍. 아무래도 네로구나."

움생원이 흥에 겨워,

"잘한다. 내 옆에 와 앉거라. 네 이름이 무엇이냐?"

"초월이오."

또 하나 나서며

"푸른 버들 향기로운 풀 저문 날에 해는 어이 더디 가고, 오동나무 밤에 내리는 성긴 비에 밤은 어찌 이리 긴가. 얼싸절싸 말 들어라. 해당화 그늘 속에 비 맞은 제비같이 이리 흐늘 저리 흐늘 흐늘흐늘 넘논다. 이리 보아도 어여쁘고 저리 보아도 어여쁘니, 아무래도 너로구나."

움생원이 또 나서며,

"잘한다. 네 이름은 무엇이냐?"

"구강선이오."

한 년이 또 나서며,

"오돌또기 춘향, 봄 향기 가득한 밤 더덩실 달은 밝고 그지없이 명랑하나, 여기다 저기다 얹어 버리고 말이 못 된 경치로다. 깊고 깊은 푸른 산에 늘어진 버드나무 휘어잡고 훑어다가 물에 둥둥 띄워 주고, 둥실둥실 둥덩둥실 여기다 저기다 얹어 버리고, 말이 못 된 경치로다."

"어, 잘한다. 네 이름은 무엇이냐?"

"일점홍이오."

또 한 년이 나서며,

"갈까 보다, 갈까 보다, 님을 따라 갈까 보다. 다 지은 밥 못 다 먹고, 님을 따라 갈까 보다. 비탈진 산성 길을 애를 밴 처자 하나 앙금 살살 걸어간다."

"잘한다. 네 이름은 무엇이냐?"

"설중매요."

한 년이 나서며 방아타령 하는구나.

"사신 행차 바쁜 길에 점심 먹고 쉬어 가는 역참들이 참 좋구나. 산도 첩첩 물도 중중重重 풍류 좋은 평양, 모닥불에 붙은 콩이 튀어가니 태북, 푸른 하늘 뜬 까마귀 울고 가는 곽산, 찼던 칼을 빼어내도 하릴없는 용천, 천총마千驄馬를 둘러 타고 돌아보니 의주."

"잘한다. 네 이름은 무엇이냐?"

"월하선이오."

한 년은 잦은 방아타령 하며,

"누각골 처녀는 쌈지 주머니 장사, 어라두야 방아로다. 왕십리 처자는 미나리 장사, 어라두야 방아로다. 전라도 담양 처자 대바구니 파는 장사, 어라두야 방아로다. 전라도 영암 처자 참빗 파는 방물方物 장사, 어라두야 방아로다."

"어 잘한다. 네 이름은 무엇이냐?"

"금옥이요."

한참 희롱하는구나.

3-7.
옹좌수와 사당패의 밑구멍이 땅에 붙다

이때에 현임 향소^{鄕所: 지방의 수령을 보좌하던 자문 기관} 옹좌수가 말미를 받아 집에 갔다 돌아오는 길이었다. 도포 입고 말을 타고 하인은 견마잡고 달래달래 돌아가니 움생원이 그를 불러,

"여보시오, 옹좌수. 자네가 좌수 돼서 출세길을 내달리니 모사꾼에게만 절절매고 나 같은 빈천지교^{貧賤之交: 가난하고 천할 때 사권 사이} 보고도 아니 본 듯 피해서 지나는가. 인심 한번 야박하오. '부귀하면 교만하다' 자네 두고 한 말일세."

좌수가 할 수 있나. 말에서 내려 걸어오니 움생원이 그를 잡아 제 옆에 앉혔구나.

"노형의 평소 행실 내가 익히 알건만은 이러한 큰길가에 천한 것들 옆에 끼고 난리굿을 이리하니. 참으

로 의외일세."

움생원이 웃으며,

"꿈같은 우리 인생 육십이 가까우니 남은 날이 며칠인가. 거칠 것 하나 없이 재미나게 놀아보세. 애 옥천집, 좌수님 들으시게 시조 하나 해보거라."

그렁저렁 장난 후에 좌수가 하직하여,

"향촌에 일이 많아 총총히 돌아가니, 노형은 사당하고 재미나게 놀고 오소."

움생원이 계속 웃어,

"자네 뜻대로 하게."

좌수 불끈 일어서니 밑구멍이 안 떨어져,

"애고, 이게 웬일인고."

움생원은 좋아라고 배꼽 잡고 웃는구나.

"허허 내 말 들어보소. 노형 나랑 비교해서 문자도 더 배웠고 서울도 출입하고 수령도 모셨으니, 박학다식 선비들을 응당 많이 알 터이오. 송장에 붙는단 말 자네 들어 보았는가?"

좌수가 귀가 밝아 깜짝 놀라 급히 물어,

"이것이 송장인가?"

남은 급히 서두는데, 움생원은 약 올리며,

"그것이 무엇이든 자네는 알 것 없고, 송장에 붙는단 말 사기史記에나 경서에나 혹 어디서 보았는가?"

옆에 있던 사당들이 일어나 보려는데 모두 다 붙었다. 요망한 이것들이 각기 난리 떠는구나. 애고애고 우는 년, 먼산 보고 기막힌 년, 움생원 바라보고 더럭더럭 욕하는 년, 제 화에 제 머리를 으득으득 뜯는 년. 살풍경 일어나니 좌수도 어이없어 아무 말도 못하고서 굿 보는 사람처럼 우두커니 앉았다가,

"여보시오, 저 짐이 모두 다 송장인가?"

움생원 대답하니,

"하나씩이면 좋게."

"둘씩이란 말인가?"

"그러하네."

"어느 고을 어느 때에 송장 풍년 그리 들어, 보기 싫게 지고 왔소?"

뎁득이가 했던 말을 움생원이 다시 하니, 좌수와 사당들이 서로 보고 걱정한다. 오는 사람 가는 사람 굿 보느라 아니 가고, 먼데 마을 근처 마을 구경하자 모여드니 그리저리 모인 사람 전주 장터 다름없네.

3-8.
무당이 송장 넋을 위로하네

구경꾼 모인 데는 엿장수가 먼저 아는 법, 갈대 삿갓 덮어 쓰고 엿판 메고 가위 치며 노래하며 오는구나.

"엿 사시오, 엿 사시오. 계피엿 생강엿 호두엿 사시오. 가락 굵고 말랑말랑 달달하고 쫀득쫀득 엿 사시오, 엿 사시오. 콩엿을 사려우, 깨엿을 사려우. 늙은이 기침에는 수수엿이 제일이오."

엿을 사 먹으며 사람들이 하는 말이,

"이것은 원혼이라. 거문고, 가야금, 향비파를 걸게 치고 넋두리를 해준다면 귀신이 감동하여 응당 떨어질 듯하다."

목청 좋은 계대繼隊: 큰굿을 할 때에 풍악을 울리는 악공들네와 무당을 급급히 청해다가 옹좌수가 돈을 내어 굿상을 차려 놓고, 멋있는 악사들이 굿거리를 걸게 친다. 목 좋

은 계대네가 넋두리 춤을 추며,

"어라 만수萬壽 저라 만수. 죽은 이의 넋이로다.
백양나무 춤을 추는 청산의 넋이로다. 옛사람 누구
누구 원혼귀신 되었는가. 인적 없는 산마루에 두견
새 우는 소리, 촉 망제의 넋일런가. 춘풍 부는 무관
에서 슬피 우는 저 새는 초 회왕의 넋일런가. 어라
만수. 항우를 맞으려고 입은 우희의 푸릇푸릇 고운
치마 우미인의 넋일런가. 오랑캐에게 시집갔던 왕
소군의 넋이로다. 어라 만수 저라 대신.
넋일랑은 넋반에 담고 신체일랑 화단畫壇에 모셔
저승밥 노잣돈과 무명한 필 오색 깃발 넋을 불러
굿판하자. 어라 만수 저라 대신.
염라대왕 보내셨나 일직사자, 월직사자, 금강야차,
강님도령. 죽은 혼령 잡아갈 제 누가 감히 거역할
까. 어라 만수 저라 대신.
중국천자 문무백관 천하를 호령해도 아니 죽을 수
가 없고, 곡식이 만석이요 황금이 만금이라 제 아
무리 부자라도 죽음 앞에 별 수 있나. 멀고 먼 황천
길을 가자 하면 따라가네. 어라 만수 저라 대신.
지장보살 자비로이 중생을 구제하려 지옥문을 닫
아걸고 불법을 설하실 새 불쌍한 여덟 목숨 비명에

죽었으니 어느 대왕께 매였으며, 어느 사자 따라갈까. 어라 만수 저라 만수.

한 많은 죽은 영혼 육신을 잊지 못해 구천을 떠돌면서 분한 마음 삭이는데 무지한 인생들이 공경할 줄 모르고서 손으로 만져 보고 걸터앉기 괘씸하다. 어라 만수 저라 만수.

옹좌수 자네는 고을에서 벼슬하고, 움생원 자네는 이 고을의 양반인데 귀신을 대접하길 어찌 그리 불경한가. 어라 만수 저라 대신.

사당, 걸사, 명창, 가객, 오입쟁이, 너희 행세가 어찌 아내를 맞을 수 있으리. 비옵니다 여덟 혼령, 무지한 저 인생들 허물일랑 묻지 말고 푸지게 차린 음식과 사죄의 말, 계대춤에 놀고 가소. 어라 만수 저라 만수."

송장을 멘 뎁득이와 각설이 셋 남겨 두고 뒤에 붙은 사람들은 모두 다 떨어져서 무당에게 감사하고 하직 인사 하는구나.

3-9.
뎁득이 사정하며 송장에게 비는구나

사람들이 많이 있어 북새통을 이룰 때는 재미라도 있었는데, 사람들이 가 버리니 심심하여 살 수 있나. 뎁득이가 그래도 서울 손님이라 사정하며 송장에게 비는 소리 절절하게 하는구나.

"천고에 길이 남을 의기남자 변강쇠야. 원통하게 죽은 혼이 참된 친구 못 만나면 위로할 이 뉘 있으리. 자네의 친구 되는 내 말 한번 들어보소.
역수易水: 중국 하북성에 있는 강 이름의 찬 바람에 연태자를 하직하고 함양에서 죽었으니 협객 형경이가 불쌍하고, 계명산 밝은 달에 우미인을 이별하고 오강烏江: 중국 안휘성에 있는 강 이름에서 빠져 죽으니 패왕 항적 가련하다.

천하의 변서방은 협기 있는 남자로서 술 먹기 대장이요, 기생집 우두머리니, 간 데마다 이름 있고 사람마다 겁을 먹네. 꽃같은 저 미인과 백 년을 살쟀더니, 이슬 같은 그 목숨이 한순간에 돌아갔네. 원통하고 분한 마음 눈을 감을 수가 없어, 뻣뻣 선 장승 송장.

호색한 중놈 자네 부처님의 제자로서 불법 공부 경문 외어 바른 수행 닦았다면, 흰 구름 푸른 산에 간 데마다 절간이요, 비단 가사 연화좌에 열반하면 부처될 걸 잠시 색욕 못 다스려 비명횡사 거적 송장.

초라니 자네 처지 떠돌이 천한 출신, 얼굴에는 탈을 쓰고 목에는 장구 메고 쌀 한줌 얻자 하고 이 집 저 집 다닐 적에, 아이들이 따라오며 욕지거리 반말하고 똥개도 업신여겨 쫓을 듯이 짖어 댔네. 자네 복이 이러한데 언감생심 미인 생각, 제 명대로 못다 살고 남의 집에 붙음 송장.

풍류 가객 다섯 분은 오입맛이 한통속. 목청 좋은 우두머리 춘향가 가객이 앞을 서고, 가야금 시나위, 퉁소 소리 봉황곡, 연풍대 칼춤이며 서서 치는 북 장단에 큰 동네 시장마다 주막거리 판을 열고 동무 지어 다니면서 풍류 먹고 사니 눈치 하나 빠를 테요, 옳고 그름 알 것인데, 송장을 쳐낸대도 계집은 하나이니 누구 혼자 가지려고 한꺼번에 달려들어 한날 한시 한뭇 송장.

여덟 송장 각기 설움 다 원통한 송장이라. 살았을 제 집이 없고 죽은 후에 자식 없어, 높은 산 깊은 골 이리저리 뒹구는 뼈 묻어 줄 이 뉘 있으며, 바람 부는 어둔 밤에 애고애고 우는 혼에 제삿밥은 누가 주나. 생각하면 허사로다. 강짜 부려 쓸 데 있나. 이생 원통 다 버리고 염라대왕 찾아가서 절절하게 애원하여 다음 생을 기약하면 귀한 집에 태어나서 평생 부귀할 것이오. 당신네 육신들은 명산에 터를 잡아 각각 장례 치른 후에 제삿날이 돌아오면 내가 제사 모실 테니, 제발 좀 떨어지소.”

애긍히 빈 연후에 네 놈 불끈 일어서니 모두 다 떨어졌다!

3-10.
나는 고향 돌아가서 가장 노릇 다할 테요

북망산 급히 가서 송장 내려놓았더니, 세 사람은 탈 없는데 뎁득이는 웬일인지 강쇠와 초라니가 등에 붙어 뗄 수 없다. 각설이 세 동무는 여섯 송장 묻어 주고 하직하고 가 버렸네.

뎁득이가 화가 나서 주위를 둘러보니 꼿꼿한 큰 소나무 두 그루 나란한데 한가운데 틈이 있어 사람 하나 가겠더라. 두 주먹 불끈 쥐고 우르르 달음박질 나무 사이로 쑥 나가니, 짊어진 송장 짐이 우두둑 셋으로 나뉘었구나. 위아래 두 도막은 땅에 절퍽 떨어지고, 가운데 한 도막은 고목나무 매미처럼 끈덕지게 달라붙어 암만해도 뗄 수 없다. 하늘이 토해 내는 푸른 폭포 칼날 바위 한걸음에 찾아가서 등을 갈기로 드는데, 그 사설 한번 들어보자.

"어기여라 갈자꾸나! 광산에선 이태백이 문장 갈아 시를 짓고, 협객은 십 년 동안 명검을 갈았구나. 어기여라 갈자꾸나! 봄바람에 저 나비가 향내만 찾아가다 거미줄을 몰랐으며, 산 고개에 저 장끼는 까투리를 찾아가다 포수 온 줄 몰랐구나. 어기여라 갈자꾸나! 먼저 죽은 여덟 송장 거울이 돼 줬는데 철모르는 이 인생이 또 그 길을 밟았구나. 어기여라 갈자꾸나! 네번째 죽은 목숨 간신히 살았으니 좋을시고. 헛된 세상 오입 참고 참 사람이 되세. 어기여라 갈자꾸나!"

깨끗이 간 후에 옹녀에게 하직하며,

"풍류남자 가려 만나 백년해로 하게 하오. 나는 고향 돌아가서 가장 노릇 다할 테요."

떨뜨리며^{젠체하여 위세를 드러내며} 뽐내며 돌아가니 개과천선이 아닌가.

월나라 망한 후에 서시가 소식 없고, 동탁이 죽은 후에 초선이 간데없다. 향기로운 분내 나는 여인들에게 얼마나 많은 사람 평생을 그르쳤나. 이 사설을 들었으면 경계가 될 듯하니 여기 모인 손님 중에 노인들은 만수무강, 소년들은 청춘건강, 수명부귀 다 누리고 선한 아들 많이 낳아 태평하게 사옵소서.

바람은 불을 쫓고 불은 바람 쫓아 불과 바람이

조조의 수만 척 전선戰船 향해 달려온다.

조조의 전선들이 사슬 하나로 연결되어 있으니,

어디로 도망가랴.

핑 화살 소리, 휠휠 붙는 불 소리. 우주가 바뀌고 벽력

진동하니 조조의 백만 대군 가지각색으로 죽는구나.

불 속에 타서 죽고, 물 속에 빠져 죽고,

총 맞아 죽고, 살 맞아 죽고, 칼에 죽고,

창에 죽고, 밟혀 죽고, 눌려 죽고, 엎어져 죽고,

자빠져 죽고, 기막혀 죽고, 숨막혀 죽고,

창 터져 죽고, 등 터져 죽고. 팔 부러져 죽고,

다리 부러져 죽고, 피 토하며 죽고, 똥 싸고 죽고,

웃다 죽고, 뛰다 죽고, 소리 지르다 죽고,

달아나다 죽고, 앉아 죽고, 서서 죽고,

가다 죽고, 오다 죽고, 장담하다 죽고, 기쓰다 죽고,

이 갈며 죽고, 주먹 쥐고 죽고, 죽어 보느라 죽고,

재담으로 죽고, 너무나도 서러워 죽고, 동무 따라 죽고,

수없이 죽고 죽어 강물이 핏물 되어,

적벽강赤壁江이 적수강赤水江이 되었구나.

낭송Q 큰글자책 시리즈
판소리편
낭송 변강쇠가/적벽가

『적벽가』

『적벽가』

1부
난세가 영웅을 부르는구나

1-1.
그의 이름은 유비요 자는 현덕이라

천하대세란 나뉘면 합쳐질 것이요, 합해지면 나뉘리라. 이는 김성탄金聖嘆: 중국 명말 청초의 문예비평가 선생의 만고의 지론이라.

한나라 건녕建寧 2년169년 4월 보름날, 영제靈帝께서 온덕전溫德殿에 자리하여·백관百官 조회 받으실 때, 난데없이 푸른 뱀이 기어 나와 용상을 두르더니 간데없고 천둥소리 큰비에 우박이 떨어진다. 그후 4년 2월에는 낙양洛陽에 지진 나더니, 바닷물이 흘러 넘친다. 광화光和 원년178년에는 암탉이 수탉 되고, 유월에는 검은 기운, 칠월에는 무지개요, 오원산五元山이 무너지니, 이때 천하가 어지러워 사방에서 병사들이 일어날 제, 황건적을 진압키도 어려운데 도적 잡겠다고 열일곱 곳 장군들도 일어난다.

도적을 격파하고 백성을 안정시킬 중흥中興의 주인공
이 탁군涿郡 땅에 등장하네. 경제景帝의 현손玄孫: 증손자
의 아들이자 탁록 땅 정후亭侯의 후손이라. 나이는 이십
팔 세요, 신장은 팔 척이고, 두 귀는 훨씬 커서 손수
돌아보시오며, 두 팔을 드리우면 무릎까지 내려오네.
주사朱砂 바른 듯 빛 고운 붉은 입술에 성정이 온화하
고 과묵하시며, 얼굴에 희로애락 드러나지 아니하니
품은 것이 큰뜻이라. 모친께는 지극정성 호걸에겐 의
리를 다하니, 그의 이름은 유비劉備요, 자는 현덕玄德
이라.

탁군의 장비張飛하고 하동河東의 관운장關雲將과 도원桃
園에서 결의하여, 나라를 위하고 백성을 편안케 하기
로 경륜지사經綸之士 만날 적에 와룡선생臥龍先生 높은
이름 수경선생水鏡先生에게 듣고, 서원직庶元直에게 천
거받았네.

1-2.
제갈량의 초옥에 세 번 찾아가는구나

가는 비 내리는 봄날 밭갈 때와 눈 내리고 찬바람 부는 깊은 겨울 두 번 찾아갔건만, 와룡선생 얼굴 뵈올 수 없었기로 세번째로 찾아간다. 융중隆中 경치 둘러보니 양양성襄陽城 서쪽 이십 리에 있는 조그만 곳. 산이 있으되 높지 않고, 물이 있으되 깊지 않다. 땅은 넓지 않으나 평탄하며, 숲은 깊지 않지만 무성하다. 원숭이와 학은 서로 보고 우짖고, 소나무와 대나무는 푸르기 그지없다.

사립문 두드려 동자 불러 묻는 말이,

"선생 계옵시냐?"

동자가 대답하되,

"이번에는 계옵시나 초당草堂에서 낮잠 중이시어 아직 아니 깨셨소."

현덕이 눈을 들어 초당을 바라보니 벽 위에 붙어 있는 글씨 '담박이명지澹泊以明志하고 영정이치원寧靜以致遠이라.' 마음이 담박하니 뜻이 밝아지고, 평안하고 고요하니 생각이 멀리 미친다 단정히 붙였구나.

현덕은 공손하게 몸을 굽혀 섬돌 아래 오래 서서 선생 깨기 기다린다. 반나절이 지나도록 깨어나지 않는지라, 장비가 급한 성격 제 분을 못 이겨 초당 뒤로 가더니 불이라도 놓을 기세, 관공이 손을 잡아 간신히 만류하여 문 밖에서 준비하고 기다리니, 이때 선생이 돌아누워 시 한 수를 읊으시되,

"큰 꿈을 누가 먼저 깨었는가. 평소 스스로 알고 있었지. 초당에서 봄 낮잠 늘어지게 잤는데도, 창밖의 해는 더디게도 가는구나."

다 읊은 선생이 동자 불러 묻는다.

"손님이 와 계시냐?"

"유황숙劉皇叔이 기다린 지 오랩니다."

선생이 일어나서 후당後堂에 들어가 의관衣冠을 정제하고 황숙을 영접할 때 공명孔明의 기상氣像 보니 신장은 팔 척이요 얼굴은 관옥冠玉이라. 머리에는 윤건輪巾 쓰고 학창의鶴氅衣 입은 모양 바로 신선 모습이라. 황숙이 절하고 꿇어앉아 말하되,

"한실漢室의 후예요, 탁군의 필부인 제가 선생의 큰

이름을 일찍 듣고 두 번 찾아왔다가 그때마다 못 뵈옵고 갔었기에 제 가슴속 품은 일과 천한 이름을 남겨 두었사온데, 선생은 그것을 보셨습니까?"

공명이 답하되,

"남양의 들사람 성정이 어리석어 장군의 귀한 행차 여러 번 왕림하니, 부끄러움을 참을 수가 없습니다."

손님 주인 예의를 차려 차 올려 파한 후에 공명이 말한다.

"제가 어리고 재주가 없어 황숙께서 위국위민爲國爲民하여 물으신 말씀에 대답할 수 없나이다."

황숙이 여쭈오되,

"수경선생과 서원직이 어찌 헛된 말을 하였겠습니까? 세상을 다스릴 재주를 품고서 어찌 산림에 숨어 사실 요량입니까? 천하의 백성들을 가엾이 여겨 가르쳐 주소서."

공명이 세 번 사양한 후에,

"장군의 장한 뜻으로 어찌하고자 하십니까?"

사람을 물리치고 황숙이 말한다.

"한나라 왕실이 기울고, 간신이 설친 지 오래되어 대의大義를 펴고자 하되 저의 지략智略이 짧으니 선생만 바랍니다."

공명이 말씀을 올리되,

"간웅奸雄 조조曹操는 백만 대군 거느리고 천자를 옆에 끼고 제후를 호령하여 감히 맞설 수 없을 테요, 손권孫權의 강동江東은 지세가 험하고 백성이 부귀하여 삼대三代 동안 다스려져 왔으니, 구원救援을 청할 수는 있어도 도모圖謀하진 못할 것이요, 형주荊州는 용맹한 군사 많고, 익주益州는 하늘이 내린 풍요로운 땅이니, 형주와 익주를 차지하여 천하를 도모하면 대업을 이루시고 한나라 왕실을 흥하게 할 것입니다."

그러면서 익주도益州圖를 펴내 걸고 가리켜 보이면서,

"하늘의 때[天時]를 가진 자 조조요, 땅의 이점[地利]을 가진 자 손권孫權이라. 장군이 인화人和하면 천하를 셋으로 나누어 바로 설 것입니다."

황숙이 절을 하고 다시 꿇어앉아 말하되,

"명운命運이 부족하고 박덕薄德한 저를 비천하다 마시고, 부디 산에서 나오시어 저를 도와주옵소서."

공명이 나올 뜻이 없노라 사양하니, 황숙의 슬픈 눈물에 옷소매가 다 젖는다.

융숭하고 간절한 황숙의 부탁 말씀을 공명이 어찌 각박하게 거절하랴. 공명은 하릴없이 예단을 받으시고, 관우 장비와 한가지로 하룻밤을 보낸 후에 아우 균均을 불러 당부한다.

"황실의 후손이신 유황숙이 세 번이나 찾아오셨기로

부득이 바깥 세상에 나가게 되었다. 너는 땅을 잘 다스려 황폐하게 하지 마라. 공명功名을 이룬 후에 다시 돌아와 숨으리라."

1–3.
공명이 동맹을 구하러 오나라로 가는구나

공명은 사륜거를 타고 황숙을 모시고 신야성新野城에 도착하니, 병사는 불과 천 명도 되지 않고, 장수는 고작 열 명도 안 되더라.

병사를 모아서 박망博望에 주둔시키고, 조조군의 공격에 백하白河의 물을 끌어 물리쳤으니, 공명이 초옥에서 나와 처음 치른 싸움이라. 혼이 난 조조가 십만 병사 이끌고 여덟 길로 달려드니, 장판長坂에서 대전하고 하구夏口에서 응거하여, 조조를 잡으려고 계책을 펼칠 적에 강동의 손권이 유형주劉荊州 조상차로 노숙魯肅을 보냈구나.

의사意思: 무엇을 하고자 하는 생각 많은 공명선생, 황숙 앞에 여쭈오되,

"제가 비록 가진 재주 없사오나 노숙과 함께 오吳나

라에 들어가서 세 치 혀를 놀려 조조와 손권을 싸우도록 만든 후에 남군南軍이 이기면 위魏나라를 치고, 북군北軍이 이기면 오나라를 쳐서 서로 물고 놓치 않는 형세 속에 어부지리漁父之利 되사이다."

몰래 약속하신 후에 노숙과 한가지로 작은 배를 빌려 타고 강동으로 건너가서, 동오의 선비들과 설전을 치른 뒤에, 공명은 조조가 세운 동작대銅雀臺, 천고의 '동작대부'銅雀臺賦, 대교大喬·소교小喬 거론한다. 그 말 들은 소교 남편 주유周瑜가 분기탱천하여 조조를 치려 하네.

이때 손권은 푸른 눈에 자줏빛 수염, 그 모습도 당당하다. 허리에 찬 칼 빼들어 책상 깨뜨리며 동맹을 찬성하고, 팔십일 주 넓은 땅에 병사들을 징발하여 조조와의 일전을 성대하게 준비한다. 대도독大都督은 주유요, 부도독은 정보程普요, 찬군교위는 노숙이라. 한당韓當, 황개黃蓋, 장흠蔣欽, 주태周泰, 능통凌統, 반장潘璋, 태사자太史慈, 여몽呂蒙, 육손陸遜과 동습董襲 등 동오의 장수들을 앞세우고 수륙으로 병진할 새, 주도독이 뱃머리에 높이 앉아 여러 장수 호령한다.

"지금 조조의 권세가 동탁董卓보다 심하여 천자를 위협하여 허창許昌에 가두고 전횡을 일삼는다. 병사를 몰아 국경에 주둔시켜 일전을 준비하니 주공의 명을 받아 역적을 치겠노라. 제군들은 힘껏 싸우되, 백성을 해하지 않도록 조심하라. 상벌은 분명할진저, 공 있는 자에게는 상을 주고 죄 있는 자에게는 벌을 줄 것이로다. 각자는 직분을 정확히 지켜라. 왕법에는 친함이 없고 인검印劍은 확실히 할 것이니 각별히 조심하라."

주유 호령 엄숙하여 수륙이 진동한다. 역대로 수전水戰에 뛰어난 오나라 군대 삼강구三江口 오륙십 리를 전함으로 두르고 서산에 의지하여 영채營寨를 세웠다.

1-4.
주유는 공명을 당할 수가 없구나

공명선생은 일엽편주一葉片舟 혼자 타고 주도독을 따라가며 군중軍中 일을 논의한다. 애달프다, 주도독은 공명 재주 시기하여 공명을 해하려 하나, 신출귀몰한 그 재주를 뉘라서 알 수 있으랴. 공명은 꾀를 내어 철취산鐵聚山의 양식을 중도에서 끊어 내고, 조조의 십만 화살을 안개 자욱한 날 빈 배 띄워 삼일 내에 뺏었구나.* 이에 주도독의 놀란 마음 갈수록 더하도다. 유

---

* 제갈량의 재주를 시기한 주유는 그를 제거하기 위해 열흘 안에 10만 개의 화살을 만들어 내라고 한다. 제갈량은 오히려 사흘 안에 만들어 오겠다면서 10만 개의 화살을 못 만들 경우 어떤 엄한 벌도 받겠다고 한다. 제갈량은 노숙에게 20척의 배를 빌린 후 이 배에 짚단을 가득 싣고 군사 30명씩만 태워서 안개 자욱한 강을 따라 조조의 수군 영채 가까이 접근한다. 옆사람 얼굴도 구분하기 힘든 안개 속에서 군사들이 북을 치며 함성을 지르자, 이 소리에 놀란 조조는 궁수들에게 화살을 퍼붓게 한다. 20척의 배 양쪽으로 쏟아지는 화살은 모두 짚단에 꽂히고, 돌아와 그 개수를 세어 보니, 10만 개가 넘었다고 한다.

예주현덕를 청하여서 살해코자 하였으나 관공이 따라오니 어찌할 수 없도다. 유예주가 돌아갈 때, 배웅 나온 공명이 대강의 사연을 그에게 고하고서 은근히 부탁한다.

"11월 20일에 작은 배 한 척을 자룡子龍에게 주어 남안南岸가에 도착하게 해주옵소서. 부디 때를 잊지 마옵소서. 동남풍東南風이 불면 량亮은 돌아가오리다."

조조가 오나라에 보낸 편지, 그 내용 괘씸하다. 주도독이 분을 내어 편지 찢고 사신을 죽인 후에, 감녕甘寧·한당韓當·장흠張欽 시켜 조조와 한바탕 큰 전쟁을 치르고 승리한다.

조조가 겁을 내어 수채를 새로 짓고 수군을 조련하며 심기일전 하는구나. 주도독이 조조의 영채에 몰래 직접 가서 살펴보매, 수전에 강한 오나라를 팔아먹은 장수가 있었구나.

주도독과 공명선생이 조조군을 격파할 꾀를 의논하며 손바닥에 속마음을 써서 서로에게 보이니 그들의 전략은 하나였다. 여덟 팔八 자字와 사람 인人 자라, 바로 화공火攻이라. 화공을 하려 할 제, 온갖 계략 다 꾸민다.

황개의 고육계苦肉計와 감택闞澤의 사항서詐降書, 봉추

선생鳳雛先生의 연환계連環計로다.* 쓰고 달고 매운 약을 한데 모아 다릴 적에 도독은 불을 때나 누가 부채질 해줄쏘냐.

* 주유는 조조군에서 투항한 자들이 사실은 스파이임을 알고, 이들을 역으로 이용하기 위하여 고육계를 사용한다. 장수 황개는 진중회의에서 주유의 명에 반대를 하고, 이에 주유는 황개의 사형을 명하지만, 3대가 동오를 섬겨 온 집안이라 장수들이 말리고 이에 주유는 살이 다 처지도록 황개에게 곤장을 친다. 이는 사실 연극이었는데, 이 연극을 꿰뚫어 본 사람은 제갈량 외에 황개의 절친한 참모인 감택이 있었다. 감택은 조조에게 직접 황개가 투항하겠다는 문서를 들고 갔고, 처음에 첩자임을 의심한 조조는 감택을 죽이라고 명한다. 하지만 감택은 다만 웃으며 "나의 친구 황개가 사람을 잘못 알아본 것이 우스워서 웃노라"고만 말하고 이에 조조와 감택 사이에 문답이 오가다, 결국 오나라 진중의 스파이들에게 온 편지까지 더해져 조조는 황개가 정말로 항복하는 것으로 속고 만다.
또 방통은 조조에게 모든 배를 하나로 연결해 묶어 두면 파도의 영향을 덜 받아 해상에서의 싸움에 더 유리함을 말하고, 이에 조조가 적들이 만약 화공(火攻)을 쓰면 전부 불에 타지 않냐고 하자, 방통은 겨울이라 바람의 방향이 북서풍이기 때문에 화공을 쓰면 오히려 적들이 자기 진지를 태우는 결과가 될 뿐이라 하여 조조를 설득해 배들을 하나로 묶어 두게 만든다.

『적벽가』

2부
공명이 부른 동남풍에
조조의 배들 불타네

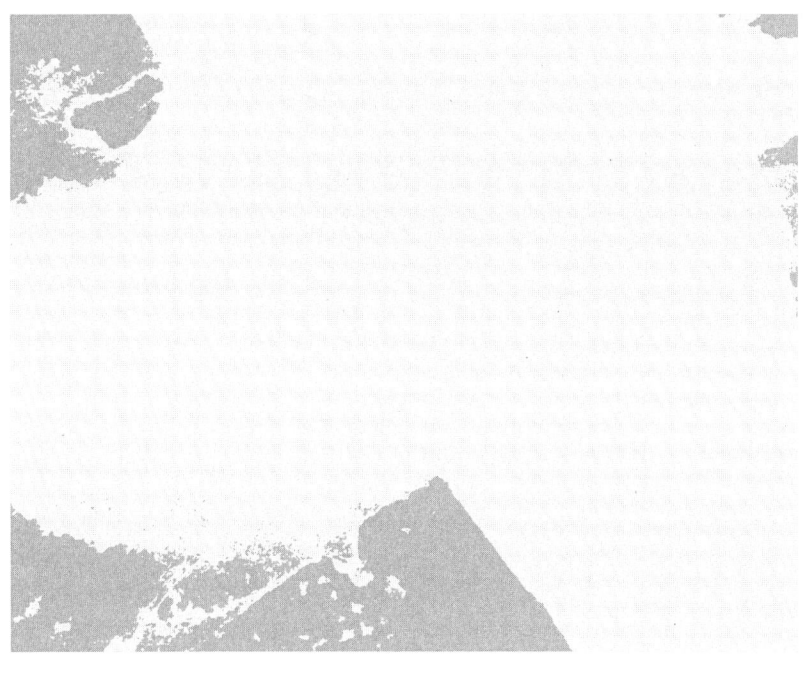

2-1.
조조가 교만한 빛을 내며
노래지어 부르는구나

바야흐로 건안建安 12년 11월 15일이라. 날은 맑고 파도는 고요하다. 조조는 사기를 진작고자 큰 잔치를 여는데, 술 많이 거르고, 떡 많이 치고, 소 많이 잡고, 돼지 많이 잡고, 개 잡고, 닭 잡아서 군사를 위로한다. 쇠사슬로 묶은 전선戰船 강 중앙에 두둥실 띄우고 황금대자 커다란 깃발 앞세우고, 양편 전선 수백 척으로 수채를 만들고, 천 명의 궁노수弓弩手 사방에 매복埋伏시켰네.

이때 조조의 거동을 보소. 붉은 두루마기[紅袍]에 옥대玉帶를 차고, 금관金冠을 쓰고 정중앙에 자리 잡고 앉았는데, 그의 좌우에 모신 장수 황금 투구 쓰고 비단 갑옷 입고, 창도 메고 칼도 차고 차례로 벌였는데, 동산에 달 오르니 대낮과 한가지인지라.

장강 일대 맑은 강물 흰 비단 펼쳐 놓은 듯, 남병산南 屏山 고운 봉우리 그림 병풍 두른 듯, 아름답기 그지없 다. 동쪽으로는 시상柴桑, 서쪽으로는 하구夏口, 남쪽 으로는 번성樊城, 북쪽으로는 오림烏林이라. 조조가 사 방을 돌아보니 너무나도 공활하여 호기가 절로 난다. 조조가 창 빼들고 좌우 장수에게 하는 말이,

"나는 이 창으로 황건적을 무찔렀고, 여포呂布를 붙잡 았다. 원술袁術을 멸했고, 원소袁紹를 거두었다. 북쪽 으로는 요동遼東까지 쳐들어갔고, 남쪽으로는 유종劉 琮을 무릎 꿇렸지. 이렇게 천하를 종횡무진으로 뛰어 다닌 까닭은 세상을 편안하게 만들겠다는 대장부의 큰 뜻을 저버리지 아니함이라. 사해를 평정했으나 아 직 얻지 못한 곳이 강남江南이니, 백만 장병 거느리고 여러 장군 힘을 입어 강남을 얻으려고 여기까지 왔노 라. 강남을 얻으면 따로 좋은 일이 있으니, 강남 교공 喬公의 두 딸은 경국지색傾國之色이라. 하나는 손책의 처, 다른 하나는 주유의 처가 되어, 내 항상 한탄이라. 강남을 얻은 후에 반드시 이교녀二喬女를 동작대에 데 려다가 봄바람 맞으며 늙도록 즐겨 볼까 하노라."

남안을 가리키며,

"주유와 노숙은 천시를 모르느냐. 내 군사 거짓 항복 네 복심腹心이 되었으니 하늘이 도움이오."

하구를 가리키며,

"유비와 제갈량은 어찌 그리 아둔하여 태산을 흔들려는 개미와 같은가."

조조가 한참 장담할 제, 난데없이 까마귀가 남쪽 하늘을 향해 까악까악 울며 가니, 조조가 물어,

"어떤 까마귀가 이 밤에 울고 가노?"

좌우 장수들이 답하기를,

"그 까마귀 달 밝으니 새벽인가 의심하여 나무를 떠나면서 우나이다."

조조가 크게 웃고 교만한 기운을 잔뜩 내며 노래 지어 부른다.

"술잔 잡고 노래 하니 인생이 얼마인고. 아침 이슬 같은 삶, 몇 날 남지 않았구나. 달이 밝아 별 드문데, 까마귀 남쪽으로 날아가도다. 숲을 세 바퀴 돌아도, 의지할 만한 가지 하나 없구나."

좌중의 장군들이 화답和答하고 한참 서로 즐긴다. 주흥이 무르익을 적에 양주자사楊洲刺史 유복劉馥이 나서서 말한다.

"대군大軍의 기세가 상당하고 장사壯士가 명을 받들 제, 승상丞相이 지은 노래에 불길한 구석 있사오니 이게 웬일이오? '달이 밝아 별 드문데, 까마귀 남쪽으로 날아가도다. 숲을 세 바퀴 돌아도, 의지할 만한 가지

하나 없구나'라니, 그 말씀은 상서롭지 아니하오."
이 말에 조조가 크게 화를 내며 소리 질러,
"내 속의 흥을 네까짓 게 감히 깨느냐!"
창으로 유복을 픽 찌르니 좌중이 다 놀란다.

2-2.
애고애고, 내 설움 들어보소

이때 조조군의 장졸들이 모두 취하여 야단도 이런 야단이 없다. 노래 부르는 놈, 춤 추는 놈, 이야기하는 놈, 싸움하는 놈, 음식 많이 먹고 더럭더럭 게우는 놈, 투전하고 골패하는 놈, 서러워 엉엉 우는 놈, 이야기 책 읽는 놈까지 있구나. 그 가운데 모래밭에 늘어앉아 갖가지 장난질로 서로 바쁠 때에, 어디선가 한 군사 나타나더니 한 소리 하는구나. 준수한 인물에 남들보다 뛰어난 기력氣力을 가진 자라, 인사하는 목소리 권삼득權三得 창법 비슷한데, 문자를 풀어 놓으며 제 유식을 자랑한다.

"고읍황금편高揖黃金鞭: 황금 채찍 높이 들어 인사하네. 이백의 시 「상봉행」(尚逢行) 구절 중 하나에 피차 없이 초면이요, 남정南征을 나갔다가 북으로 다시 가니 그 수고가 어떠하고,

빈년불해병頻年不解兵: 여러 해가 되어도 병졸 신세 못 면하고. 당나라 초기의 시 구절에 싸움으로 늙어오니, 창망문가실蒼茫問家室: 궁금한 마음으로 가족을 찾아나선다. 두보의 시 「북정」(北征) 구절에 고향이 어디인고. 각억루첨건卻憶淚沾巾: 생각하니 눈물이 수건을 적시네. 이백의 시 「대주억하감」(對酒憶賀監) 구절에 생각하면 눈물이라, 오늘밤은 어느 때인고, 달이 밝고 밤 길었네. 장검대준주仗劍對樽酒: 칼 짚고 큰 술통 앞에 서서. 육구몽의 시 「이별」의 한 구절에 술이 좋고 안주 있다. 세상 만사 세 번 웃으면 끝나는 것, 웃음 웃고 놀아 보세."

이때 군사 하나 나앉으며,

"너는 유식하고 호기 있는 사람이라. 내 서러운 말 들어보라. 당상堂上의 백발 노친과 이별한 지 몇 해던가. 아버지 날 낳으시고, 어머니 날 기르시니, 그 은혜 망극하여 갚을 길이 없구나. 아침저녁으로 잠자리와 식사를 지성으로 다한다 해도, 가지 많은 나무에 바람 잘 날 없고, 자식이 봉양코자 하나 부모님 어이 기다리랴. 서산에 지는 해를 붙잡을 수 없듯, 슬하를 한 번 떠나 몇 해 동안 소식 없었으니, 바람 휙휙 부는 날 우리 부모 대문에 기대어 날 기다려 선 적이 몇 번이며, 비가 죽죽 오는 밤 골목까지 나와 나를 기다린 것이 몇 번이랴. 산 위에 올라 부모님 그리워하려 해도, 군법이 지엄하여 잠시도 떠날 수 없네. 무상하다, 조승상은 군법도 모르는가, 형제 없는 나를 귀향하라 아니하고 오히려 천 리 전장 데리고 다니며 불효자로 만드네. 애고애고 설운지고.”

다른 병사 나앉으며,

“너는 부모 생각하며 우니 효자로다. 내 설움을 들어 보오. 내 팔자 무상하여 10세도 되기 전에 조실부모 早失父母하여 혈혈단신으로 이 집 저 집 의탁하며 자랐으되, 빈 주먹으로 돈 냥 모아 스물 넘어 장가 들었소. 처복은 있었던지, 얌전한 우리 아내 살결도 아름답고 얼굴도 어여쁘며, 바느질은 물론이고, 길쌈도 잘했다오. 친척 어른 잘 모시고, 마을 사람들과 화목하니, 집 안일과 동네일에 제 일처럼 나섰지. 가난한 집이지만 현명한 아내 덕에 살림살이 차차 나아졌네. 길쌈으로 모은 돈은 올해 심을 논밭 사고, 바느질삯 모두 모아 송아지 샀네. 부지런히 집안일 했으니, 묵은 김치 묵은 장독 항상 가득 했지. 검은 솥은 반들반들, 밭에는 잡초 한 포기 없네. 내 비위에 딱 맞으니 그 정이 어떠하리오. 마주 앉아 밥을 먹고 꼭 껴안고 잠자면서 다정하게 이야기했지. 잠시도 이별 말고 한 무덤에 묻히자 했더니, 이게 웬일이오. 생이별한 나는 전쟁터에 끌려와 아내 얼굴 못 본 지 몇 해나 되었다오. 우리 아내 내 생각이 오죽이나 간절할까. 나물 캐다가도

내 생각, 뽕잎 따다가도 내 생각에 나물 광주리 뽕잎
바구니 항상 비어 있겠지. 꾀꼬리 우는 소리에 아내
는 남편 그리는 꿈을 꾸겠지. 기러기 날아가는 모습
눈가에 어리어, 잊으려 해도 결코 잊을 수 없나니, 정
말이지 못살겠네. 애고애고 설운지고."

또 한 군사 나앉으며,

"너는 아내 생각으로 우는구나. 여보시오, 내 설움 들
어보오. 나는 남의 오대독자, 마흔이 넘어가되 남녀
간에 자식 없어, 불효죄 중 가장 큰 죄 자식 없는 죄라
하여 어떻게든 자식 보려 온갖 정성 다 쏟았소. 명산
대찰大刹, 영신당靈神堂, 고묘총사古廟叢祠, 성황당城隍堂,
석불石佛·미륵 서 계신 데 지성으로 제사하고, 가사시
주袈裟施主, 인등시주印燈施主, 창호시주窓戶施主, 백일산
제百日山祭 무수하게 올렸다오. 공든 탑이 무너지며 믿
는 나무 꺾어질까.

마침내 우리 아내 잉태하여 또독또독 부른 배가 대
여섯 달 넘어가니 우리 부부 매사 조심 지극정성 다
했다오. 자리가 바르지 않으면 앉지 않았고, 음식이
바르게 잘리지 않으면 먹지 않으며, 나쁜 것은 보지
도 않고, 이상한 소리는 듣지도 않았소. 열 달을 다 채
워 순산으로 득남하니, 천지간에 이보다 더 좋은 일
이 있을쏘냐. 칠일까지 채식하고 칠칠일에 큰 굿하고

백일에 큰 잔치 열고 첫돌에 큰 불공佛供 드렸소. 젖살 점점 오른 아이 빵긋빵긋 웃더니, 터덕터덕 뒤집고, 아장아장 걷고, 작장작강 길라잡이 훨훨 온갖 장난 다할 적에, 그 사랑이 어떻겠나. 조상님의 음덕인가 부처님이 보내셨나. 금을 주고 너를 사랴, 옥을 주고 너를 사랴. 사씨네 집 보배나무, 서씨네 집 기린 새끼 마냥 소중하지 않으리오. 뽕나무 활에 쑥 화살桑弧蓬矢 을 사방으로 쏘아 대니 무관武官 일을 시켜볼까, 여덟 살부터 소학小學 가르쳐 문관文官 일을 시켜볼까. 밤낮으로 기뻐하여 시절 가는 줄 몰랐더니, 전쟁터로 잡혀 온 후 내 아들 못 본 지가 지금 벌써 몇 해인가. 아빠 아빠 우는 소리, 아직 귀에 쟁쟁하다. 이 몸이 아니 죽고 살아 돌아간다 해도, 어릴 때 헤어진 아이는 나를 봐도 아빠인 줄 모르고, 손님은 어디서 오셨느냐 묻겠지. 만일 불행히도 이 몸이 죽어 모래밭에 버려지면, 언제 우리 아들 다시 볼 수 있으리. 애고애고 설운지고."

2-3.
뼈 빠질 설움 한번 들어보오

또 한 군사 나앉으며,

"너희들은 팔자 좋아 얌전한 아내하고 살림도 하여 보고 어여쁜 아들 낳아 사랑하며 길러 보아 볼 재미는 다 본 셈이네. 그렇게 지냈으면서 손톱만큼이나 설운 마음 갖는다면 그건 개아들 놈이오. 참말로 뼈 빠질 설움 들어보겠는가?"

"어디 한번 하여 보오."

"뼈 빠질 설움이라니, 그러다가 다 기절하면 어찌 하것소."

"어느 시러배 아들놈이 남의 설움에 기절할까."

"장담하지 말고 마음 단단히 먹으소. 자, 내 설움 나간다.

이내 전생 무슨 죄가 있어, 강보에 싸였을 때 부모 잃고 외가에 기탁되었으나, 일곱 살에 외가가 가난해져 의지할 데 없어졌지. 유리걸식流離乞食에도 모진 목숨 아니 죽고 열다섯이 넘었구나.

남의 집을 살자 하니 늦잠 못 자 때려치우고, 소금짐을 지자 하니 성질 나빠 못하겠네. 급주군急走軍을 다니자니 뜻이 없어 탈이 났고, 중놈이나 하자 하니 군것질로 쫓겨났네.

그렁저렁 서른 넘으니 무슨 재주로 계집 얻으랴. 남사당패 따라다니며 비비각시 베개노릇 하고, 잡기군雜技軍 쫓아다니며 불 돋우는 잡역꾼 했소.

이를 갈아 한푼 두푼 모았더니 돈 백이나 되었기에, 가난한 집 혼기 넘긴 처녀에게 간신히 청혼하여 오십 냥은 혼수품 사라 주고, 사십 냥은 옷 사고 가재도구 사라 해서 겨우 혼인하는 날, 납폐納幣 전안奠雁 지내고서 신방에 들어앉아 술상을 받았기로 홀짝홀짝 술 마신 후 조금 있다 저녁밥, 반찬이 좋아서 단단히 먹은 후에 담배 피워 입에 물고 누웠다가 앉았다가 한참을 보냈더니, 신부 잡아 넣어주더이다.

혼사에 보태라고 오십 냥 주었지만 그것으로 무얼 그리 잘 차렸겠나. 나이 많은 처녀에게 초록비단 저고리와 다홍치마가 웬 말이요, 어울릴 리 만무하다. 그래도 파랑물 들인 무명치마, 새 속옷과 새 버선, 주석

朱錫비녀, 내 보기론 관물官物의 맵시로고. 아주 좋아 못 견디어 신부에게 수작을 붙이기로, 내 나이 이만하니 여인 다룰 줄을 모르는 게 아니로되, 피차 같이 늙어가는 처지인지라 잔 수인사는 생략하고 어서 벗고 누워 일 치를 자세를 취했지. 신부는 대답 아니 하고 가만히 앉았기에, 뒤에서 안아 얼른 벗겨 잔뜩 안고 드러누워 그 일을 곧 시작할 요량이었네.

그래도 고생하던 이야기며 살림살이할 걱정을 한참이나 서로 말을 주고받은 연후에 두 무릎을 정히 꿇고 신부 두 다리를 곱게 들고 주장군朱將軍 이끌어 옥문관玉門關에 당도하니, 사면四面은 다 막히고 한가운데는 수렁이라, 들어갈까 물러날까 한참 동안 진퇴를 거듭한다.

그때 군사 부르는 호각소리 사방에서 '뙤뙤' 하며, 염치도 없구나, 우리 부대 기수가 신방 문을 걷어차고 달려들어 내 상투 잡아채고 뺨을 치며 하는 말이, '새벽 기상 알렸으면 곧장 달려 나올 것이지, 군령을 어기다니 이게 무슨 짓인가.' 그러면서 나를 문 밖으로 끌어내니, 벗었던 옷을 도로 입지도 못한 채 손에 들고 종군하네. 그때부터 지금까지 돌아가지 못했으니, 내 설움은 고사하고 내 주장군이 더 서러워 지금까지 눈물을 댕강댕강 떨군다오. 이왕 시작한 일이나 마치

고 왔더라면 조금이나마 서러워할 내 아들 놈이 있겠
는가."
좌중은 눈물을 흘리며, "참 불쌍타, 불쌍타" 한다.

2-4.
전쟁에 나온 놈이
고향 생각 어디다 쓰리

옆에 무슨 울음소리 쇠끝같이 되게 나도, 사람은 아니 뵈어 좌중이 의심한다. 이게 어인 변고인가. 한참을 찾으니, 벙거지가 울고 있네. 좌중이 이구동성으로 말하누나.

"이게 큰 변괴로다. 저 벙거지 집어다가 강물에 내버려라."

한 군사가 벙거지 집어 들고 끌고 가려 하자, 벙거지가 더럭더럭 기를 쓴다.

"이놈들아 내 목 는다."

벙거지 젖혀 놓고 자세히 살펴보니 부채고리에 매어다는 장식품만 한 작은 사람 벙거지 끈에 달려 있다. 좌중이 묻기를,

"네가 무엇이냐?"

"내사 선봉 장합의 화병火兵이제."

좌중이 크게 웃으며 말한다.

"키는 불알만 한 게 말소리는 똑똑하네. 쥐 창자만 한 네 뱃속에는 무슨 설움 들었느냐?"

"내 설움이 참 설움."

"말해 보아라. 들어나 보자."

"우리 집에 있을 적에 새끼 까치 한 마리 잡아다가 그 꼬랑지에 공작 깃털 꽂고 받침대 놓아 두고, 이것저것 먹이며 온갖 정성 다했제. 근디 급히 잡혀 오느라고 못 가지고 왔기에 밤낮으로 그놈 생각. 아까 울고 가던 까치가 나를 찾아온 내 까치지. 경망輕妄한 승상님이 내 까치인지 내게 묻지도 않고 글만 지어 읊으시니 내 마음 절통하여 어찌 살겠는가."

좌중이 크게 웃고 말한다.

"실없는 자식이다."

이어 군사 하나가 썩 나서며,

"너희는 가까운 것 버리고 먼 곳 일만 생각하네. 집 생각 하지 말고 몸이나 생각해라. 군사가 교만하면 패한다는 말 듣지도 못했는가. 승상님은 아랫사람 생각하지 않으니, 남은 것은 교만뿐이라. 정녕 우리는 이 싸움에서 패하고 말 터이니 우리 신세 어찌 되겠는가. 산처럼 쌓인 시체가 까마귀와 솔개에 파 먹혀

끝내 재같이 날려 마른 나뭇가지에 걸리리. 살과 피
는 다 마르고 바람에 바스라져 비에 씻길 제, 남은 뼈
라도 챙겨 묻어 줄 이 뉘 있으리. '가련타, 그리운 마
음에 녹아 내리는 뱃골. 규방의 아낙네가 낭군 그리
워 꿈속을 배회하는 듯.' 옛 사람이 지은 풍월, 우리를
두고 하는 말. 죽는 날도 모를 테니 제사 지내 줄 이
뉘라서 있을 텐가. 애고애고 설운지고."

서러운 말들을 한창 하고 슬픈 눈물 도처에 흩뿌릴
제, 헌걸찬 풍채의 군사 하나 들어온다. 살기 가득 품
은 그놈의 모양새가 이 세상을 꿈인 양 짐작하고 들
어온 놈이라. 좌중을 꾸짖으며 일갈한다.

"이 손들이 의젓하지 아니 하네. 전쟁에 나온 놈이 고
향 생각 어디다 쓰리. 자, 눈물 걷고 싸움 타령 한번
들어보라. 헌원씨軒轅氏가 칼과 방패 휘두르며 치우蚩
尤 잡던 판천坂泉 전투, 여상呂尙이 은나라 주왕紂王 친
목야牧野전투, 하늘에는 시체 노린 새가 가득했고, 피
가 흐르는 강물에는 절구공이 떠다녔지. 전국의 칠웅
七雄은 자웅雌雄을 겨뤄 전쟁을 벌이니 춘추의 전투는
아침저녁으로 승패가 바뀌네. 육국六國을 통일하기
위한 진시황秦始皇의 전투, 날래게 뛰는 사슴 그 누가
쫓을쏜가. 팔 년간 불꽃 튀던 초한 전쟁, 효무황제孝武
皇帝는 일개 병사로 분해 흉노 전쟁에 참가했지. 왕망

王莽 몰아낸 광무제光武帝는 한나라의 중흥을 이루었네. 천지개벽 이후로 싸움 없는 나라가 어디 있으랴. 한나라의 운 다하니 삼국 싸움 생겼구나. 우리네 이 한 목숨, 군사 되어 전쟁터에 나왔으니, 어찌 아내를 그리워하며, 생각한들 무슨 소용 있으랴. 치달리는 말을 타고, 삼척三尺 검 둘러메고 물불 아니 가리고 오나라 한나라의 장수를 향해 달려든다. 그들 머리 한 칼에 베어 들어 깃발에 매달아 노래 부르며 고향으로 돌아가네. 그게 대장부 바라는바, 이 외에 또 무엇이 있으리.”

한 군사가 일어나 대답한다.

“참말로 각자 말에 각자의 뜻 들어 있구나. 군신유의君臣有義 생각하니 충신의 아들이나, 까마귀 새벽 울음과 승상의 웃음소리, 참말로 모르겠다. 네 신세가 개가환향凱歌還鄕 할런지, 소가환향 할런지.”

밤새도록 부어라 마셔라 장난치고 노는구나.

2-5.
공명이 단을 세워 동남풍을 부르는구나

이튿날 주도독은 산 정상에 올라서서 조조군의 형세 살필 적에, 조조의 중앙 황기黃旗 바람결에 부러지더니 큰 강으로 빠지더라. 이 광경을 보고 난 주도독의 마음이 상쾌해진다. 홀연히 일진광풍 일더니, 진영 앞에 세운 깃발 주도독의 뺨을 스치듯 지나간다. 마음속에 맹렬히 든 한 생각에 주도독은 외마디 소리 지르고 피를 토하며 뒤로 넘어지는구나. 크게 놀란 장수들이 인사불성 주도독을 둘러업고 막사로 들어가 병구완을 한다. 공명의 비상한 재주에 의술도 있는지라, 노숙과 더불어 도독을 문병 간다. 도독의 병세를 한눈에 알아챈 공명이 도독에게,

"하늘에는 예측할 수 없는 비바람이 있지요. 어디 좋은 약 한번 보시겠소."

주도독에게 내민 종이에 이렇게 쓰어 있네.

"조조를 물리치려면, 마땅히 화공火攻을 쓸 것이라.
만사가 준비되었는데, 오직 동풍東風 빠져 있네."

이 글 읽은 주도독이 병상에서 일어나,
"병세 과연 그러한데 그대는 무슨 약을 쓰려 하오?"
공명이 대답한다.
"량亮이 비록 재주 없사오나 기이한 분 만났기로 귀
신 부르는 술법을 공부하여, 바람과 비를 부릴 수 있
사오니 남병산南屏山에 단壇을 세워 지성으로 빌면 때
아닌 동남풍이 삼일 밤낮 불 것이오."
도독이 대답하되,
"일이 급하니 조금이라도 지체되면 아니 되리다."
공명이 대답하되,
"십일월 이십일 갑자일甲子日에 바람을 일으키어 이
십이일 병인일丙寅日에 그치게 하오리다."
도독 크게 기뻐하며 오백 정예 군사를 불시에 차출
하여 남병산에 보냈구나. 군사들을 이끌고 산에 오른
공명의 거동 보소.
노숙과 한가지로 지세를 살핀 후에 동남방에 붉은 흙
을 파더니 기단을 먼저 만든다. 그 모양으로 말할 것

같으면, 둥글고 사각 진 방원方圓은 24장丈이요, 높이는 3층, 한 층 높이는 3척이라. 맨 밑에는 28수宿 상징하는 깃발을 꽂았구나. 동쪽의 각角, 항亢, 저氐, 방房, 심心, 미尾, 기箕의 칠숙七宿 자리에 일곱 청기靑旗 꽂아 청룡靑龍 형상으로 벌여 세우네. 북쪽의 두斗, 우牛, 여女, 허虛, 위危, 실室, 벽壁 자리에 일곱 흑기黑旗 박아 현무玄武 기운으로 펼쳐 만드네. 서쪽의 규奎, 루婁, 위胃, 묘昴, 필畢, 자觜, 삼參 자리에 일곱 백기白旗 세워 백호白虎 기세로 걸터앉게 하네. 남쪽의 정井, 귀鬼, 유柳, 성星, 장張, 익翼, 진軫의 자리를 따라 일곱 홍기紅旗 꽂아 주작朱雀 모습으로 벌여 만드네.

두번째 단에는 64괘卦 순서에 따라 팔방으로 황기黃旗 나눠 꽂았다네. 꼭대기 층 모퉁이마다 네 사람을 세웠는데, 모두 상투 틀고 검은 관 쓰고, 넓은 도포에 큰 허리띠 차고, 붉은 신 신고 모난 옷자락 휘날린다. 왼쪽 두 사람은 막대 끝에 닭 깃털 달아 풍신風神 부르고, 오른쪽 두 사람은 막대 끝에 칠성호七星号 달아 바람색 표시한다. 뒤의 왼쪽 사람은 보검寶劍을 들고, 뒤의 오른쪽 사람은 향로香爐를 받든다. 단 아래에는 정기旌旗, 보개寶蓋, 대극大戟, 장모長矛, 황모黃旄, 백월白鉞, 주번朱幡, 조독皂纛을 든 스물네 명 군사를 사면으로 둘러 세웠구나.

목욕재계 하고 난 뒤, 공명은 도의 입고 머리 풀고 맨발로 단 앞에 우뚝 서네. 단을 지키는 장사壯士들에게 엄하게 분부한 후, 천천히 단에 오른다. 방위를 살피고 화로에 향 피우고 바리에 물을 부어 하늘을 우러러 주문을 외는지라. 가만가만 비는 말씀 알아들을 수 없거니와, 제사 때의 축문이거니 하여 사설 짓는 이 사람이 제멋대로 지어 보았네. 공명선생 아시면 꾸중이나 아니 하실지.

"유세차維歲次 대한大漢 건안 12년 11월 을사삭乙巳朔 20일 갑자일甲子日에 좌장군左將軍 의성정후義成亭候 예주목豫州牧 유비劉備의 군사軍師 신臣 제갈량諸葛亮이 감히 황천皇天, 후토后土, 풍백風伯 앞에 고합니다. 한나라 황실이 위태롭고 간신이 활개 쳐서 량亮의 주인 유예주劉豫州: 유비가 황실의 후예로서 대의大義를 펴려다가, 지혜가 짧아 장판에서 패하여 하구에 몸을 붙여 동오와 화친하여 조조를 치려 합니다. 다만 군사 미약하고 무기 적어 화공을 하려 하되 서북풍이 불어서는 화공의 재앙을 거꾸로 받사옵니다. 작은 정성이나마 고이 받으시어 때 아닌 동남풍을 삼 일 밤낮으로 불게 하여 주시옵소서. 비옵니다, 비옵니다. 역적을 멸하고 한실을 부흥케 하옵소서. 삼가 비오니 흠향歆饗하옵소서."

축문祝文을 다 읽은 공명은 상단上壇에서 세 차례, 하
단下壇에서 세 차례 기도드렸다. 그후 공명의 모습 온
데간데 없구나.

2-6.
어찌 공명 탄 배를 쫓아갈 수 있으리

이때 주도독은 화전할 준비 갖추고 노숙과 한가지로 동남풍을 기다릴 제, 밤빛은 청명하고 미풍은 살랑살랑, 삼경三更이 지난 후에 바람 소리 들리거늘, 도독이 막사를 나서 보니, 손사巽巳 방향에 박힌 깃발 술해戌亥 방향으로 흔들린다! 옳구나, 동남풍이 부는구나! 동남풍에 주도독이 크게 놀라 생각하되, 공명은 천신天神이로다. 천지조화의 법과 귀신 부리는 기술을 가졌으니 살려 두면 동오에 큰 화근이 되리라. 도독은 막사를 호위하는 호군교위護軍校尉 서성書盛과 정봉丁奉을 급히 불러 분부를 내린다.

"너희 둘은 군사 백 명씩을 거느리고 급한 물길로 바삐 쫓아 남병산에 속히 가라. 제갈량을 만나거든 길게 묻지 말고 단칼에 그의 목을 베어 오라."

명령이 떨어지자 서성은 배를 타고, 정봉은 말을 달려 남병산에 올라가니, 공명은 간데없고 끈 떨어진 차일장막遮日帳幕 바람결에 흔들린다. 군사들은 깃대만 붙잡고 바람 앞에 서 있는데, 정봉이 칼 빼들고,

"공명은 어디로 갔느냐?"

"바람을 빈 후에 단에서 내려가더이다."

배에서 내린 서성은 강가를 급히 수색하는데, 군사 하나 나오더니 말을 아뢴다.

"어제 해질 무렵 난데없이 앞쪽 여울에 쾌선 한 척 정박하더니, 동남풍이 일어날 제 머리 풀어 헤친 공명이 급히 와서 그 배 타고 가더이다."

깜짝 놀란 서성이 돛을 다 펼치고 배를 저어 쫓아간다. 공명이 탄 배가 그다지 아니 멀어, 서성은 돛도 아니 내리고 속도를 더 내더니 큰 소리로 외친다.

"저기 가는 공명선생, 거기 잠깐 머무시오. 우리 주도독 하실 말씀 있답니다."

공명이 크게 웃고 서성더러 하는 말이,

"그대는 잔말 말고 돌아가서 주도독께 여쭈시오. 용병이나 잘 하셔서 승전하시라고. 제갈량은 일이 있어 하구로 잠깐 나가니 다시 볼 날 있을 거요."

공명의 말 아니 듣고 서성이 긴히 드릴 말 있다며 점점 급히 따라가니, 조자룡이 화를 내며 선두에 나서

서 큰 소리로 호통 친다.

"너는 상산常山의 조자룡趙子龍 이름을 들었겠지. 재주 높은 우리 선생 네 나라에 들어가서 공 세우고 오시는데, 간사한 주도독이 무슨 일로 해하려고 너를 보냈느냐? 백발백중百發百中 내 재주로 너를 쏘아 죽일 것이나, 두 집안의 평화 생각하여 죽이지 아니 할 것이로되, 내 솜씨나 한번 보고 돌아가라."

말을 마친 조자룡이 철궁鐵弓에 작은 화살을 메겨 팽팽히 잡아 당겨 아래 세 손가락으로 활시위를 받치고 그 위의 깍지 떼서 떨치니 화살은 바람같이 빠르게 날아가, 서성이 탄 배의 돛대 용총줄에 명중하니 줄은 끊어지고 돛폭은 찢어져 물에 둥둥 떠다닌다. 배는 앞으로 아니 가고 뱃머리만 뱅뱅 자리를 맴도니 어찌 공명 탄 배를 쫓아갈 수 있으리.

2-7.
공명이 장수들을 각지로 보내는구나

자룡은 배를 저어 순풍에 돛을 달고 나는 듯이 돌아
오니, 황숙유비과 공자公子: 지체가 높은 집안의 아들 유기劉琦
반겨 나와 영접한다. 대강 인사하신 후에 공명이 여
쭈오되,

"약속하신 병력과 배는 다 준비하셨습니까?"

황숙이 대답하되,

"준비한 지 오랩니다."

공명선생 거동 보소. 황숙, 공자 모시옵고 장대에 올
라앉아 자룡을 먼저 불러 삼천 군마 주시면서,

"오림의 작은 길로 얼른 가서 우거진 숲 깊은 곳에 매
복하면 오늘밤 사경四更: 새벽 1시~3시 후에 조조가 그리
로 갈 것이니 불을 질러 공격하면 조조는 못 잡아도
조조군의 반은 죽이리라."

자룡이 여쭈오되,

"오림 길이 둘 갈래라 한 길은 남군으로 가고 한 길은 형주로 가니, 어느 길로 가올런지요?"

공명이 대답하되,

"남군은 형세가 험해 조조가 못 갈 것이요, 형주를 거쳐 허창으로 갈 것이니, 그리 알아 매복하라."

자룡이 떠나자, 공명은 장비 불러 분부하되,

"패배한 조조는 남이릉南彝陵으로 갈 수 없고, 북이릉으로 갈 것이니, 삼천 군사 거느리고 강을 건너 진군하여 호로곡胡盧谷에 매복하소. 내일 비 온 후에 조조가 그곳에서 솥 걸고 밥 지을 테니, 그대는 연기 나는 것을 보고 불을 놓아 조조군을 급습해 죽이면, 조조는 못 잡아도 그 공로 적잖으니 착실히 실행하소."

장비가 떠나자, 공명은 미축麋竺, 미방麋芳, 유봉劉封을 불러,

"너희는 배를 타고 강상에 떠 있다가 패군을 사로잡고 기계를 탈취하라."

세 사람 떠난 후에 공명이 일어서서 공자 돌아보며,

"무창으로 가는 길이 긴요한 곳이오니 언덕 입구에 진을 치고, 도망치는 군사들을 사로잡고 성곽을 지키며 떠나지 마옵소서."

공자가 떠나시니 황숙에게 아뢰되,

"오늘 밤 주공主公께서는 번구樊口에 병사를 주둔시키고 높은 대에 올라앉아 주랑周郎이 전승하는 것을 구경이나 하시지요."

관공은 곁에서 한참 서서 기다렸으되, 그에게 출전 명령이 아니 오니 참다 못 견디어 소리 질러 말한다.

"관모關某가 재주가 없삽기로 형님을 모시고 수년 동안 전쟁터를 누비며 돌아다닐 때 결코 뒤처진 적 없소이다. 오늘 같은 큰 싸움에 저를 찾지 않으시니 도대체 무슨 까닭이오?"

공명이 웃으시며,

"운장은 노여워 마오. 조조를 잡는 데 관건되는 길목이 있사온데 그곳에 보낼 장수 관공밖에 없사오나, 한 가지 걸리는 일이 있삽기로 가란 말씀 못하겠소. 관공은 일부러 알려 하지 마오."

관공이 여쭈되,

"무슨 일이 걸립니까?"

"옛날 조맹덕이 장군을 극진히 대접했다 들었소. 오늘날 그가 패군하여 도망타가 장군을 만나면 목숨을 애걸할 것이온데, 장군의 장한 의기義氣로 보자면 옛 은혜에 눈 감을 자 아니니, 옛 은혜 못 잊어 분명 그를 놓아줄 터, 그 일이 마음에 걸려 장군을 보내지 못하겠소."

"군사가 하신 말씀 좋은 마음 많사외다. 전날 조맹덕이 관모를 후하게 대접했으되 안량顔良 문추文醜의 목을 베어 포위망을 푸는 것으로 제 은혜를 다 갚았소. 그런데 오늘날 다시 만나기로 어찌 놓아주겠소."

공명이 또 관공에게 묻는다.

"그대가 조조를 놓아준다면, 그 죄를 어찌하겠소?"

관공이 대답한다.

"군령장君令狀을 쓰겠소. 만일 조조가 그곳으로 아니 오면 군사는 어찌하려오?"

"나 역시 군령장을 쓰겠소. 그럼, 관공은 화용도華容道로 가시어 큰 산에 올라 불을 놓고 있으시오. 간사한 조조를 연기로 유인하시오."

관공이 묻는다.

"조조가 연기를 보고 복병伏兵인가 의심하면 그리로 올 리 있소?"

"허허실실虛虛實實 묘한 병법 장군은 어찌 모르시오. 조조가 연기 보면 허장성세虛張聲勢라고 여겨 그쪽으로 올 것이오. 부디 사정 두지 말고 조조를 산 채로 묶어 오시오."

명령을 받든 관공이 관평關平과 주창周倉을 거느리고 오백 명 군사와 화용도로 행군한다.

2-8.
오나라 장군들도 조조를 잡으려
각지로 가는구나

이때에 서성과 정봉이 돌아와 공명선생 가던 내력을 주도독에게 여쭈니, 주도독 분을 내어 유비를 먼저 치려 하나, 노숙이 만류하여 조조를 치기로 하고 동남풍 때를 타서 화전을 하려 할 제, 감녕을 먼저 불러,

"채중蔡中이 데려온 항복한 군사들을 거느리고 북군 깃발 가지고서 오림쪽으로 급히 가 조조 양식 불 지르라."

제2에 태사자太史慈 불러,

"삼천 군사 거느리고 황주지계黃州之界 급히 가서 조조의 구원병이 합비로 올 것이니, 불을 놓아 급습해 죽이고 홍기紅旗 보고 접촉하라."

제3에 여몽呂蒙 불러,

"삼천 군사 거느리고 오림에 급히 가서 감녕과 접선

하고 조조의 성채를 불 지르라."

제4에 능통凌統 불러,

"삼천 군사 거느리고 이릉 길을 막았다가 오림에서
불 나거든 급히 나서 접촉하라."

제5에 동습董襲 불러,

"삼천 군사 거느리고 한양으로 바로 가서 조조의 성
채 안으로 달려들어 백기 보고 접촉하라."

제6에 반장潘璋 불러,

"삼천 군사 거느리되 모두 다 백기 들고 한양으로 급
히 가서 동습과 접선하라. 한당, 주태, 장흠, 진무 너
희들 네 장수는 전선 삼백 척과 화선火船 이십 척씩 다
각기 거느리고 황개 뒤를 접응하라."

대도독 주공근과 부도독 정보는 전선에 높이 앉아 서
성과 정봉 두 장수가 좌우 호위하였는데 포고관이 발
방한다.

"군령에 대답하라. 귀로는 징과 북 소리를 듣고, 눈으
로는 군기를 보라. 배를 말 타듯 하고, 적을 보면 누구
보다 앞서라. 배와 모두 생사를 같이하고, 배는 각기
싸움에 힘써라. 전선으로 멋대로 도망하게 두면 군법
으로 용서치 않겠다."

2-9.
아이고 큰일났다, 저 배를 뉘 막으리

황개黃蓋는 화선 이십 척에 큰 못을 박고 불쏘시개 잔뜩 싣고 그 속에 유황硫黃, 염초焰硝, 어유魚油 들이붓고, 푸른 베와 기름 종이 둘둘 싸서 청룡 깃발 높이 달아 출전을 준비한다. 갑옷 입고 칠 척七尺 장검長劍 손에 들고 세번째 화선 위에 가만히 들어앉아 조조에게 밀통密通하는 밀서를 쓰되,

"파양호鄱陽湖에서 온 양식 실은 배를 모두 몰아 가지고, 강동 명장 목을 베어 오늘 저녁 항복차로 승상 앞에 갈 터인데, 청룡 깃발 꽂은 배가 소장小將이 탄 배이니 기다리고 계시옵소서."

밀서 받고 기쁜 조조가 전선 위에 높이 앉아 장수들 거느리고 황개 소식 기다릴 제, 난데없이 부는 바람 동남풍이로다. 정욱程昱이 기이하게 여겨,

"때 아닌 동남풍이 어찌하여 부는가. 미리 방비 하옵
소서."

조조가 염소 웃음을 웃어,

"네가 어찌 이리도 무식하냐. 동지冬至가 지났으니 겨
울 가면 봄 오거늘 동남풍이 부는 것은 당연지사, 어
찌 동남풍이 없겠느냐."

날은 어느덧 저물어 한 줄기 긴 장강과 달빛 비친 길
의 정경이 대단히 보기 좋다. 은은히 바라보니 화살
처럼 빠른 배가 순풍을 받아 날아오듯 접근할 제, 청
룡 깃발 넓은 폭에 '선봉 황개' 네 글자가 분명히 보
인다. 조조가 또 웃거늘,

"황개가 항복하니 하늘의 도움이라."

의기양양한 조조에게 정욱이 여쭙기로,

"오는 배가 몹시 수상하니 가까이 오지 말고 멀리 매
라 하옵소서. 양식 실은 배일진대, 무겁게 떠서 와야
하거늘 어찌 저리도 가볍게 온단 말입니까. 또한 동
남풍이 급하오니 어떻게 막으리까?"

깜짝 놀란 조조가,

"아이고, 큰일났다. 저 배를 뉘 막으리."

문빙文聘이 썩 나서서 다가오는 배를 향해 외친다.

"저기 오는 강남 배는 듣거라. 승상의 분부이니 가까
이 오지 말고 돛을 내려 멈추어라."

말이 끝나기도 전에 활시위 소리 휙휙 나며 화살이
피루루 날아온다. 팔에 화살 맞은 문빙, 배 안으로 자
빠지고 스무 척의 날랜 화선 일시에 불을 질러 조조
의 수채로 달려든다.

2-10.
조조의 백만 대군 가지각색으로 죽는구나

바람은 불을 쫓고 불은 바람 쫓아 불은 세차고 바람은 맹렬히 조조의 수만 척 전선戰船 향해 달려온다. 조조의 전선들이 사슬 하나로 연결되어 있으니, 어디로 도망가랴. 왼편에서는 한당과 장흠, 오른편에선 주태와 진무, 한가운데에선 주유·정보·서성·정봉이 달려온다.

사면에서 들리는 소리 웅장하기 그지없다. 팡팡 연주포 소리, 뙤뙤 천아성天鵝聲: 급한 일이 생겼을 때 군사를 모으기 위해 길게 부는 나팔 소리 소리, 둥둥 뇌고擂鼓: 북을 쉴 새 없이 빨리 침 소리, 쨍쨍 징 소리, 챙챙 장창長槍과 환도還刀 소리, 휘딱휘딱 쇠도리깨 소리, 핑핑 화살 소리, 훨훨 붙는 불소리. 우주가 바뀌고 벽력이 진동하니 조조의 백만 대군 가지각색으로 죽는구나.

불 속에 타서 죽고, 물 속에 빠져 죽고, 총 맞아 죽고, 살 맞아 죽고, 칼에 죽고, 창에 죽고, 밟혀 죽고, 눌려 죽고, 엎어져 죽고, 자빠져 죽고, 기막혀 죽고, 숨막혀 죽고, 창 터져 죽고, 등 터져 죽고. 팔 부러져 죽고, 다리 부러져 죽고, 피 토하며 죽고, 똥 싸고 죽고, 웃다 죽고, 뛰다 죽고, 소리 지르다 죽고, 달아나다 죽고, 앉아 죽고, 서서 죽고, 가다 죽고, 오다 죽고, 장담하다 죽고, 기쓰다 죽고, 이 갈며 죽고, 주먹 쥐고 죽고, 죽어 보느라 죽고, 재담으로 죽고, 너무나도 서러워 죽고, 동무 따라 죽고, 수없이 죽고 죽어 강물이 핏물 되어, 적벽강赤壁江이 적수강赤水江이 되었구나.

온갖 장비, 군복들이 불에 죄다 타 버린다. 청도淸道, 순시, 영기永旗는 물론이고, 오방, 고초, 황신, 표미豹尾, 조총, 환도, 쇠도리깨, 장창, 등패, 낭선 할 것 없고, 귀약, 통남, 날개, 모람, 쇠거 마작, 화승火繩살이, 도래송곳, 운월상모, 전립이며, 안갑다래 막이, 관이, 영전, 숙정패, 징, 북, 나발, 태평소, 바라, 광쇠, 고동이며, 장막 노구, 아리쇠, 흑각, 생각, 간각궁과 철전, 편전, 유엽전, 동개, 통아, 호수등채, 팔찌, 깍지 휘어지며, 협수, 호의, 요대, 전대, 배에 있던 온갖 기물들 다 불탄다. 풍석, 초둔, 삼판, 하판, 노사곡대, 용총닻줄, 돛대, 치목, 입으로 세는 대로 일시에 재가 되어 만경창파

에 술렁술렁 다 떠간다. 장료張遼는 활만 남고 허저許
楮는 몸만 남아, 다른 일들 돌아볼 틈이 없다. 넋을 잃
은 조조가 조각배 얻어 타고 주먹 쥐고 도망간다.

『적벽가』

3부
여기서 맞고 저기서 밟히며
조조가 도망가네

3-1.
조조가 달랑달랑 달아나네

조조가 정신없이 도망갈 때, 선봉 황개 긴 창을 손에
쥐고 벼락같이 호령하여,

"홍포紅袍 입은 저 조조놈, 너 어디로 가려느냐. 선봉
황개 여기 있다."

조조가 할 수 없이 홍포 벗고 도망하니, 또 크게 외치
는 소리,

"수염 긴 놈이 조조다."

조조가 수염을 썩 베니,

"수염 벤 놈이 조조다."

수세에 몰린 조조의 형색 말이 아니로되, 깃발 떼어
턱 싸매고 죽기 살기로 도망간다. 장료가 날랜 활로
황개를 쏘아 맞춰 물에 처박고, 조조의 무리는 언덕
에 올라가 안장 없이 말을 타고 도망친다.

"이놈 조조야, 도망 마라."

벽력 같은 호령소리 여기서 저기서 나는구나. 고개 돌려 살펴보니, 여몽, 능통, 감녕이라. 마른 연못에 붕어 쫓듯, 나무꾼이 노루 쫓듯 빈틈없이 쫓아온다. 허겁지겁 도망치는 조조의 거동 장관이라. 화포 소리에 귀가 먹먹, 연기 쐬었더니 눈이 깜깜, 눈썹은 홀라당 다 타고 말았다. 촛불 잡은 수다쟁이 부산 떨다 낯짝 데여 피부가 벗겨지니 당창唐瘡이 올랐는가. 온몸에 연기 쏘니 전복 같은 모습이라. 두 코가 뻑뻑하여 재채기할 양이면 굴 속의 너구리 고춧가루총 맞은 듯 알몸으로 말에 앉은 모습이다. 아무리 숨자 한들 사면이 불빛이요, 아무리 도망한들 사면이 복병이라, 죽을밖에 수없으나 그래도 간웅이라, 정욱을 돌아보며 재담才談하여 하는 말이,

"내 말 타는 모습이 어떠하냐?"

정욱은 한 술 더 떠,

"그대로 모셔다가 동작대에 앉히오면 이교二橋가 반하겠소."

조조가 평생토록 먹은 마음 역적질뿐이기로 곧 죽어도 우스개를 내뱉는다.

"이게 어디 적벽강이냐, 종이 만드는 방 고랫속이지. 내 형상을 내가 보아도 숯장수 본새로다. 이대로 죽

으면 목야의 은나라 주왕 송장, 북방의 흑제黑帝 귀신
될 터이니, 송장 중에 잡것이요, 귀신 중에 하급이라.
어서 가자 어서 가자. 생사는 고사하고 부끄러워 못
살겠다.”

손수 말을 몰아 달랑달랑 달아나며 화살이 날아올까
철환鐵丸이 튀어올까, 목을 쏙 움츠리니, 정욱이 그 모
습 보고 비웃으며,

“승상, 목 좀 내놓시오. 원래 두통이 심하시니, 좋다는
화살로 살짝 퉁겨 피를 빼면 두통이 나으리다.”

“아서라. 그러다 숟가락을 아주 놓을 지경 되면 천자
노릇 누가 하랴?”

천지를 분간 못하고 도망하니, 불빛은 점점 멀어지고
복병은 안 나온다.

3-2.
오림에서 조자룡이 기다린 지 오래구나

앞으로 길을 가는데 산세가 험준하고 수목은 층층하다. 조조가 묻기를,

"이곳이 어디냐?"

좌우가 대답한다.

"오림이오."

조조가 말 위에서 손뼉 치며 크게 웃으니, 장수들이 기이하게 여겨 묻길,

"여보시오, 승상님. 장수 병졸 다 죽이고 좆만 차고 가는 터에 무슨 좋은 일 있어 이다지도 웃소?"

조조가 대답하되,

"주유와 제갈량의 꾀 없음을 비웃는다. 좁은 목에 눈먼 장수 하나라도 매복시켰다면 우리 남은 목숨 독 안에 든 쥐새끼지."

이 말이 끝나기도 전에 방포 소리가 '쾽' 나며 복병이 내닫는다.

화광火光이 하늘까지 닿고 북소리는 땅을 뒤흔들며, 넓적 얼굴에 백옥 같은 눈망울, 잉어 허리에 곰의 팔뚝, 녹포綠袍 입고 은갑銀甲 차고, 창을 길게 비껴 든 조자룡이 등장한다.

"이놈 조조야! 장판 싸움에서 내 재주를 네 눈으로 보았겠지. 장령將令 받은 우리 군대 너 하나 잡으려고 이곳에 온 지 오래다. 도망 말고 내 창 받아라."

동에서 번뜩하더니 서장西長을 베고, 남에서 번뜩하더니 북장北長을 베며 번개같이 뒤쫓는다. 조조가 혼비백산하여 말에서 뚝 떨어져 주먹 쥐고 도망갈 때, 따라오던 장수·군사 절반이나 다 죽고, 얼마 되지 않던 군장·복색 하나없이 다 뺏기네. 장합과 서황더러 자룡과 대적하라 하고 조조가 도망칠 때, 동남풍은 끈질지게 불고 검은 구름 하늘을 뒤덮더니 급히 비가 동이로 퍼붓듯 쭉쭉 쏟아져, 조조와 장졸 신세 갈수록 불쌍하다. 군장이 비에 다 젖었으니 오죽이나 추우며, 여러 날을 굶었으니 오죽이나 고플쏘냐. 조조는 쫓겨 가도 그 호기豪氣는 여전하여 복마군卜馬軍을 불러다가,

"우산雨傘을 올려라. 데인 살에 빗물 드니 쓰라려서

살 수 없다."

정욱이 말하기를,

"승상의 분부가 어찌 이리 무식하오. 옛 명장은 고되어도 수레를 아니 타고, 더워도 양산을 아니 편다 하였소. 다쳐 아픈 병사들이 울며불며 따라오는데, 적벽강 그 불바다 속에서 우산이 어디 남았으랴. 우산이 있다 한들 혼자 우산 받쳐 쓰고 어디로 가시겠소. 이만한 비를 못 견디고 장비라도 만나면 우산으로 막으시려오."

일곱 번 넘어져도 여덟 번 일어나서 도망을 가노라니 점차 동이 트고 비가 조금씩 갠다.

3-3.
솥 걸어 밥 지어라

호로곡葫蘆谷에 당도하니 인마人馬가 힘이 빠져 한 걸음도 갈 수 없다. 조조가 앉아 쉬며 의갑衣甲 벗어 바람결에 말리면서 화병火兵에게 분부한다.

"솥을 걸고 밥을 해라."

화병이 썩 나서더니 정면으로 바라보며,

"걸 솥이 어디 있고 밥 할 양식 어디 있소?"

조조가 호령한다.

"너 이놈, 군량과 솥을 다 어디에 두었느냐?"

돌아가는 상황이 이런 판이거늘 무슨 법이 있겠는가.

화병이 바로 막 서더니,

"양식 간 데 어이 모르오. 취철산聚鐵山과 적벽강에 산같이 쌓였더니 승상의 방정으로 불 속에 들어갔소. 그리도 시장커든 거기 찾아가서 튀밥이라도 주워 잡수시오."

조조가 화를 더 내어,

"승패勝敗는 병가지상사兵家之常事라. 한 번 실수하였다고 네 놈의 말버릇이 어찌 이리 고약하냐. 양식은 그렇다 치고 솥은 어디에 두었느냐?"

"솥단지 말씀 들으시려오? 불구덩이 적벽강 속에서 간신히 이 한 몸 살았을 제, 솥을 버리지 않고 등에 지고 온 까닭은 승상 위해 진지 지으려던 게 아니오. 행여나 죽지 않고 고향에 돌아가면 부엌에 걸어두고 나물국 끓이려고 단단히 간직했던 것이외다. 한데 오림에서 조자룡을 만나니 이 목숨 살자고 솥단지 뒤집어쓰고 수풀 밑에 엎어졌소. 솥단지 밑바닥에는 위魏나라의 위魏 자字 어찌하여 쓰여 있나. 조장군 그걸 보고 하는 말이, '애고, 이 위병魏兵 놈아, 여름날 급한 벼락에 쪽박 쓴 듯 조자룡의 창 솜씨를 솥단지로 막으려느냐! 그놈의 잔꾀가 똑 조조로다.' 조장군이 창으로 푸욱 찌르되 솥은 산산이 부서졌으나 창끝이 빗나가 목은 아니 찔렸소. 죽은 체하며 누웠다가 조장군 가신 후에 가만가만 걸어왔소."

조조가 꾸짖어,

"너 이놈, 솥이야 어찌됐든, 네 장군님 이름자를 '조조야, 조조야' 어찌 아이 이름 부르듯 한단 말이냐!"

"그 장군이 조조라 하더랬지 제가 언제 조조라 하였소. 그러하나 저러하나 우리 군에서야 '승상님', '장군님'이라 하지. 오나라 한나라 사람들은 장수 아니더라도 대여섯 살짜리 어린애도 모두 '조조 그놈 죽일 놈', '조조 그놈 죽일 놈'이라 하니, 행세를 어찌했기에 인심을 이리 못 얻었소? 살아 있는 지금에도 남들 저리 욕할진대 상사喪事 나신 천 년 뒤엔 그 시비是非가 어떻겠소?"

조조가 들어본즉 대답할 말도 없어, 대강 얼러,

"네 이놈아, 그런 걱정 네게는 천부당만부당이라. 지금 진지 아니 올리면 네 놈의 목을 베겠다."

위턱과 아래턱이 견딜 수가 있겠는가. 화병이 진지를 짓는데, 어린애 무덤 덮은 질솥 단지 벗겨다 걸어 놓고, 마을에서 훔친 쌀을 물에 일궈 안친 후에 부싯돌을 치려 하나, 비 맞은 부싯깃에 어이 불이 붙겠는가.

3-4.
살아남은 병사, 내력 한번 들어보오

조조가 정욱더러,

"따라온 군사가 도합 몇 명이냐?"

"백만 명이오."

"모두 다 어디 가고 저것만 남았느냐. 갈 길은 아직 멀고 군사 얼마 없으니, 화병 놈이 밥할 틈에 군사들을 점고点考: 명부에 일일이 점을 찍어 가며 사람의 수를 조사함하자."

"점고하고 말 것이 어디 있소. 제가 가리킬 것이니 승상님은 꼽아 보오. 여기 하나, 저기 하나, 모퉁이에 한 놈, 나무 밑에 한 놈, 부싯돌 치는 놈 하나, 승상님 하나, 나 하나, 모두 일곱이오."

"그럴 리가 있나. 앞에서 먼저 간 놈, 뒤에서 못 따라온 놈, 산속에 숨은 놈, 마을로 노략질 간 놈, 응당 많을 테니, 자리 잡고 점고 신호 울려라."

정욱이 대답하고 점고 시작하는데, 할 노릇은 다 하
는구나. 자리에 앉아 주먹으로 나발 불고, 입으로 북
을 불고, 놋기 조각으로 바라 치고, 막대기에 가랑잎
달아 숙정패로 삼아 꽂고, 대취타를 하는구나. 연후
에 다시 점고 신호를 한참이나 한다.

점고하러 군사들이 하나둘씩 들어오는데, 이것은 전
쟁하는 군사 본새 아니고, 몇 년 전 기근에 유리걸식
하던 유랑민 본새로다. 정욱이 명부를 펴 들고 이름
을 부른다.

"좌부左部 우사右司 전초前哨 일기一旗 일대장 공중쇠!"

기총旗總이 대답한다.

"사망이오."

"삼대장 무거쇠!"

"사망이오."

"사대장 허망쇠!"

사망했단 소리를 더하기가 무안한 기총이 대답 않고
고쳐 왼다.

"죽었소."

"오대장 맹랑쇠!"

"그놈도 죽었소."

"낭선수 팔랑쇠!"

"아까 하던 말이오."

"어따 이놈아, 그럼 쇠자 항렬은 다 죽었단 말이냐."

"적벽강 그 용암 구덩이 속에 무슨 쇠가 안 녹겠소."

"장창수長槍手 장내두리!"

"예."

들어오는 모양이 다리 한 짝 절뚝절뚝, 한 팔은 부상 입고 부러진 창대 끌며 애고애고 들어온다. 조조가 반겨 물어,

"점고 시작한 지 반나절이 되었는데, 대답하고 오는 놈은 네 놈이 처음이다. 너를 보니 반가운데, 울기는 왜 우느냐?"

"우는 내력 들어보소. 적벽강에 뛰어들다 이 다리 어그러지고 오림서 만난 복병 이 창을 빼앗기로 뺏기지 않으려다 팔과 창이 다 부러져 창날은 뺏기고 창대도 꺾였지만 이리 짚고 왔소이다. 허나 내 신세 생각하니 모진 목숨 아니 죽어 고향으로 돌아갈 제 병신된 것도 원통한데, 복병을 또 만난다면 내 꼴이 어떻겠소. 그 생각을 하니 울음이 절로 나오."

조조가 복병 복병 하며 우는 소리 듣기 싫어,

"방정 맞은 주둥이로 복병 소리 왜 하는고?"

"승상님은 복이 있어 저 꼴이 되었는가."

다시 점고 시작한다.

"등藤채 수성守城 가토리!"

"예."

저놈 들어오는 모양 보소. 고개 뒤로 딱 젖히고 배를 앞으로 쑥 내밀고 느짓느짓 걸어와, 조조 앞에서 절한다며 "절이오" 입으론 내뱉고, 배만 쑥 내미니, 조조가 꾸짖어,

"네 이놈, 그 절하는 꼴은 도대체 어디서 배웠느냐?"

"적벽강에서 배운 절이오."

"누가 절을 가르쳤더냐?"

"선생 없이 스스로 배운 절이니, 내력 한번 들어보오. 적벽강 화염 피해 도망할 제, 얼마나 겁났던지 군복 뒷자락에 불 붙은 줄도 모르고 주먹 쥐고 한참을 뛰는데 뒷골 당기는 맛난 냄새 나길래 같이 가던 사람더러 자세히 보라 한즉, 목덜미가 다 익어서 힘줄이 다 오그라들어 발랑 젖혀 놓았기에 죽어도 앞으로 숙일 수가 없소."

조조가 생각 내어 하는 말이,

"이번에는 앞자락에 불을 질러라. 가슴에서 잡아당기니 꼿꼿해질 것이야."

"그 생각이 참으로 영웅이오."

정욱이 계속 점고한다.

"조총수 한눈감이."

"예."

저놈은 항문에 손 받치고 울며 들어온다.

"애고애고, 똥구멍이야. 애고애고, 똥구멍이야."

조조가 불러,

"너 이놈, 앓을 데가 오죽이나 많은데 똥구멍은 왜 앓느냐?"

"적벽강에서 아니 죽고 오림으로 도망치는데, 한 장수 쫓아와서 내 벙거지 썩 벗기고 내 상투를 덥석 잡으며, 어허 이놈 참 어여쁘다, 죽이자 하였더니 좆을 한 번 해소시켜 볼까 하며, 갈대 숲 깊은 곳으로 나를 끌고 들어가서 엎어트리며 하는 말이, 전장에 나온 지 여러 해가 되었기로 양각산중兩角山中 주장군朱將軍이 그 짓한 지 오래되어 밤낮으로 화를 내도 옥문관玉門關은 구할 수 없으니, 네가 지닌 항문관肛門關에 얼치기로 요기나 해두자 하더이다. 침도 안 바르고 생짜로 쑥 디미는데 생눈이 곧 솟고 뱃살이 꼿꼿해져 두 주먹을 아드득 쥐고 앞니를 뽀드득 갈며 죽자 살자 견디니, 그 옆에서 굿 보는 놈 자기 차례라며 달려들어 일곱 놈을 치렀더니, 항문 죄고 있던 힘줄 그만 뚝 끊어져서 벌어지니 뱃속까지 훤하여서 걸림새가 사라졌소. 그래도 그 정으로 그놈들 총 아니 뺏고 옆에 놓고 가기에 간신히 정신 차려 온몸을 주무르고 총대 짚고 일어서서 한 걸음 걷고 한 번 쉬면서 왔소이다. 제일 곤란한 게 밥 먹어도 그대로, 물 먹어도 그대로 쉬지 않고 곧 나오니, 밖에서 못 막아서 안으로 막아 볼까, 포수에게 석 냥 받고 총을 팔아 소고기 사서 종자 크기만큼 떼어 둥글게 말아 속에 넣어 보아도 스르르 도로 나와, 주먹만큼 목침만큼 떼어서 아무리 넣어도 도로 곧 나오니 어찌 살 수 있소.”

이 말을 듣고 조조가 또 생각 내어 하는 말이,

“소고기 살 가지고서 사람 살을 때우려니 암만 한들 될 것이냐. 길가에 쌓인 송장 살을 베어다가 착실히 막아 보라.”

정욱이 다시 점고 시작한다.

“궁노수弓弩手 두팔잡이!”

“예.”

요놈은 상처 난 곳 없이 덤벙이며 들어온다.

“이놈, 너는 무슨 재주로 몸이 이리 성했느냐?”

이놈이 큰소리를 땅땅 치며 하는 말이,

“팔십삼만 되는 군사 죄다 쓸 것 없소. 모두 나와 같사오면 일생 동안 전쟁해도 패할 리가 없지.”

조조가 반겨 급히 물어,

“어찌하면 그럴 수 있느냐?”

“남들 한참 싸울 적에 바위 틈에 숨어 앉아 구경이나 실컷 하다 밥 먹으란 군령 소리에 살짝 나와 얻어 먹고, 또 얻어 먹으면 제 몸 패배할 일 평생 없지. 승전을 하더라도 승상이나 좋으시니 우리 같은 군사들이 무슨 재미 보자고 물인지 불인지 죽을지 살지 생각도 아니 하고 왈각왈각 달려들겠소. 그렇게 달려드는 놈이 못 된 놈이지."

조조가 또 웃으며,

"네 몸 하나 아끼는 게 물 샐 틈이 없겠다."

정욱이 다시 점고한다.

"복마군 마철이!"

"예."

이놈은 전립의 꼭지만 달랑 쓰고 말채만 쥐고 들어온다. 조조가 화를 내며,

"말과 군장 어디 두고 빈 말채만 쥐고 있고, 전립 버렁 어디 두고 꼭지만 쓰고 오느냐?"

저놈이 대답하되,

"생각하니 허망하오. 말은 군장 실은 채로 적벽강서 여몽에게 빼앗기고 몸만 남아 도망타가 오림에서 만난 복병 나를 꼭 잡고 아니 놓기에 군복 주어 달래어 도망쳤소. 생각하니 이 모양새 참말이지 안 될 말이지. 그래서 내 전립 벗어 담배 장수 칼받침대로 칠 푼 받고 팔아다가 바늘 한 쌈 샀지요. 점잖은 사람이 상투바람으로 올 수 없으니 전립에 남은 꼭지 끈이나마

달아 쓰고 왔소."

"너 이놈, 군중軍中에서 바늘은 어디에 쓰려느냐?"

저놈이 웃으면서,

"세 치 혀로 제 어미와 붙어먹을 놈이 이 고생 겪은 후에 군중을 어찌 다닐 것이오. 아름답고 어린 아내 전쟁터에 날 보내고, 오늘에나 소식 올까 내일에나 편지 올까 밤낮으로 기도하오.

'옥창玉窓에 핀 앵두꽃 지고 우물가 오동잎 떨어져, 눈[雪] 개이고 구름 흩어져 북풍이 차게 부네. 독수공방獨宿空房 누웠다가, 문 앞에 청삽사리 컹컹 짖는 소리 듣고, 행여나 우리 님 오시나 싶어 문 밖을 내다보나 임은 아니 오고, 눈바람 치는 밤에 돌아다니는 자 청루靑樓 찾는 한량이라. 서러운 마음 둘 데 없어 원앙 베개와 비단 이불로 신방新房 차려 보지만, 함께 잘 사람 없어 잠 못 드는구나.'

이내 몸이 돌아가 사립문을 젖히면서, 아기 어멈 거기 있나, 적벽강에 싸움 갔던 자네 낭군 내가 왔네. 귀에 익은 내 말 소리 우리 아내 깜짝 놀라 문 박차고 내닫겠지. 이내 허리 잔뜩 안고 '와 계신가, 와 계신가, 우리 낭군 와 계신가. 팔십삼만 죽었는데 우리 낭군 아니 죽고 날 보려고 와 계신가.' 우는 듯 웃는 듯, 낯을 서로 대면서 손을 잡고 온갖 정담 다 나누니 '무슨 사람이 이렇게 내 간장 다 녹이는가. 남으로 정벌하고 북으로 돌아올 적엔 배가 오죽 고팠을까. 초원을 걷고 한데서 잠잘 적엔 몸이 오죽 추웠을까. 이 밥 먹고 이 옷 입으소서.' 홀딱 벗고 둘이 누워 상사想思 푼 후, 무엇 하나 줄 것 없을 거니, 바늘 한 쌈으로 정표 삼으려고 주머니에 깊이 넣어 두었다오."

조조가 나무란다.

"이놈 참 음남淫男이로고."

"승상은 영웅이라 팔십삼만 죽였으니 패남敗男이라 하오리까?"

3-5.
장비의 공격으로 또 도망가는구나

그렁저렁 점고하고 진지를 재촉하니 화병이 치던 부
시 이때까지 안 붙었다.
"진지 올려라."
"밥 안쳤소."
"진지 올려라."
"상 놓소."
"진지 올려라."
"진지 괴오."
"진지 올려라."
"가져가오."
"진지 올려라."
"내 좆도 이제 부시 치오."
부시 오래 치느라니 어쩌다 불이 붙네. 막 불 살라 넣

느라니 조조가 또 염소 웃음을 쳐 정욱이 다시 물어,

"승상의 한번 웃음에 조자룡을 청하여서 남은 인마 다 죽이더니, 이번에는 어떤 장수 청하자고 또 웃는 거요?"

"주유와 제갈량이 여간 재주 있다 하되 하룻비둘기라. 암만해도 나를 못 넘는다. 험한 이곳에 복병하였으면, 우리 신세 묶인 돼지 같을지니 어찌 살 수 있겠느냐?"

조조의 말이 채 끝나기도 전에 좌우에서 총소리가 콩 튀듯이 일어나고, 벌떼 같은 복병들이 불 지르며 덮쳐온다. 앞장 선 장군의 거동 좀 보소. 검은 낯에 고리 눈, 제비턱에 표범 머리, 비단 갑옷에 순금 투구 썼네. 장팔사모 비껴 들고 말에 높이 올라앉아 우레 같은 목소리 제 맘껏 내지른다.

"이놈 조조야! 연燕나라 사람 장비의 창을 받아라. 네 한 놈 장난으로 한나라 왕실 망하게 되었으니, 백성들은 무슨 죄로 도탄에 빠져 힘겹게 살아야 하나. 너는 어찌하여 적벽강 싸움에서 아니 죽고, 이 험한 산 중까지 도망쳐 왔느냐. 우리 군사가 명령을 내렸기로, 내 너를 잡으러 왔노라. 주머니에서 물건 꺼내듯 너의 목을 내가 딸 것이다. 네 재주로는 내 창검 방어할 수 없을 테니, 목 늘여놓고 내 창 받아라."

장비의 기백에 혼 빠진 조조가 벗은 갑옷 내버리고 말 등에 뛰어올라 저 혼자 도망친다. 장료와 서황이 뒤를 막고 대적한다. 한참을 도망타가 장비 모습 멀어지니, 조조가 또 깨방정을 떠는구나.

"정욱아, 날 좀 봐라, 내 목 아직 있느냐?"

"목 없으면 어찌 말하겠소."

"장비는 홀아비냐?"

"무슨 소리요, 아들 장포張布도 뛰어난 장수요."

"그 검은 낯짝과 흰 고리 눈구멍에 어떤 계집이 밑에 누워 쳐다볼거나. 내 통이 크다 하나 그 꼴을 꿈에 보았으면 정녕 기절할세."

이렇게 말하며 가는데 앞에 가던 병사들이 길을 멈추고 머뭇거린다.

"길이 두 갈래로 났습니다. 큰 길은 좋사오나 형주로 가자치면 오십 리를 더 가야 하고, 작은 길로 가자 치면 오십 리 못 미쳐 화용도華容道나, 산이 험하고 길은 좁으며 구덩이가 많고 산등에서 연기 나오. 어느 길로 가오리까?"

"화용도로 들어가자."

좌우의 장수들이 이구동성 말하기를,

"연기 나는 곳에 복병이 있을 텐데, 어찌 그리 가자 하오?"

"병서 아니 읽었느냐. 허즉실虛卽實이요, 실즉허實卽虛
라. 제갈량의 얕은 소견에 산머리에 연기 피워 복병
가장하면 내가 그리 가지 않고 큰 길로 갈 것이라 생
각했겠지. 분명 큰 길에 복병하여 꼭 잡으려 한 것일
터. 내가 누구라고 잔꾀에 넘어가겠느냐. 잔말 말고
그리로 가자."

장수들이 모두 장단 맞춰 말 거든다.

"승상의 묘한 능력 귀신도 알 수 없소."

따라오는 군사 하나 입바른 소리하여,

"저렇게 잘 알면 황개의 거짓 항복문서, 방통의 연환
계에 어찌 그리 속았을꼬. 방정을 저리 떠니 정녕 무
슨 변고 나고 말지."

3-6.
죽은 군사 원혼, 새가 되어 꾸짖는다

앞에 가던 말과 군사 아니 가고 주저하니 조조가 재촉하여,

"왜 아니 간다느냐."

군사가 여쭈오되,

"산은 험하고 길은 좁은데, 새벽에 내린 비로 구덩이에 물이 괴어 진흙에 말발굽이 빠졌기로 암만해도 갈 수 없소."

조조가 크게 호령하며 일갈한다.

"군사란 무릇 산 만나면 길을 파고 물 만나면 다리 놓아 못 갈 데가 없다 했거늘, 수렁에 물 괴었다고 지체하니 웬 말이냐!"

군사를 독려하여 길가의 나무를 베어 깊은 구덩이 높이 메우고 좁은 길 넓힐 적에, 장료·허저·서황 등은

칼을 쥐고 옆에 서서 게으른 놈 목을 베니, 배고프고 부상당해 딱한 군사들이 밟혀 죽고 칼에 죽는구나. 날은 차서 손발은 시리고 배는 주려 서러운데, 군사들 울며 하는 말이,

"적벽강서 죽었다면 더운 죽음 당했을 텐데, 애써 살아와서 얼어 죽게 되었구나. 애고애고 더 섧다."

처량한 울음소리 계곡에 진동하니 조조가 호령한다.

"죽고 사는 것은 네 명命인데, 뉘 원망을 하느냐."

우는 놈의 목을 베니 남은 군사 다 죽는다. 처량한 울음소리 구천九天에 사무치니, 엄동설한 이 시절에 새는 분명 없을 터나, 적벽·오림·호로곡에서 원통하게 죽은 군사 원조怨鳥: 원통하게 죽은 사람의 귀신이 변하여 된 새 되어 나타나서 조조의 죄목들을 조롱하며 꾸짖는다.

벽오서로봉황지碧梧棲老鳳凰枝: 벽오동 나무에는 늘 봉황새가 가지에 깃든다. 두보의 시구절 봉황새가 꾸짖는다. "온몸의 고운 무늬와 이 내 몸의 덕을 보이려고 남훈전南薰殿 풍악소리에 날아와서 춤을 추네. 아침 기산岐山에 날아올라 울었더니, 너 같은 역적 놈이 천하를 혼란키로, 세상에 못 나가고 이 산중에 숨었노라."

월상비취무소식越裳翡翠無消息: 월상국의 비취는 소식도 전혀 없고. 두보의 시구절 비취새가 꾸짖는다. "성인이신 문왕·무왕·주공의 덕화德化로 하늘은 폭풍과 큰비를 내리지

않는구나. 교지交趾 남쪽의 월상씨越裳氏가 조공貢 바
치러 올 적에 이 몸 따라가서 상서祥瑞가 되었더니, 너
같은 난신적자亂臣賊子가 인군人君을 구박키로 하늘에
서 종종 변괴 내리기에 이 산중에 숨었노라.”

자고비상월왕대鷓鴣飛上越王臺: 자고새만 월왕대를 날아드네 저
자고새가 조롱한다. “여보, 조맹덕아. 불의한 일 저지
르니 자네의 부귀가 어찌 오래 가리오. 동작대의 봄
바람에 이교녀는 간데없다. 낙엽 지고 바람 불면 내
가 올라 춤을 추리. 산량자치山梁雌雉의 때로구나. 끌
끌 우는 저 장끼 나의 뜻이 굳건하고 오색 무늬 고운
고로 우리 임금 곤룡포에 수놓기가 아주 좋지, 네가
입은 홍포에는 이 내 몸 그릴 생각일랑 언감생심焉敢
生心 꿈도 꾸지 마라.”

농산앵무능언어隴山鸚鵡能言語: 농산의 앵무새 능히 말을 하나니.
당나라 시인 잠삼의 시구절 저 앵무새가 조롱한다. “적벽강의
패군들아, 너의 고향은 어느 뫼냐. 전쟁터서 객사했
다, 편지 하나 써서 주면 너의 집 담장 안에 날아가 전
해 주마.”

어사부중오야제御史府中烏夜啼: 어사부 안에는 오야제 노랫소리
요. 한시 시구절 저 까막까치가 조롱한다. “여보 조승상아,
내 소리를 잊었느냐. 달 밝고 별 드문 깊은 밤에 숲을
세 번 돌아 높이 떠서 싸우면 망하리라, 내가 아니 일

렀더냐. 내 소리 안 믿다가 그 꼴이 웬 말인가." 까악
까악 울고 가네.

상유황리심수명上有黃鸝深樹鳴: 머리 위 무성한 나무에는 꾀꼬리
우네. 당시의 한구절 저 노란 꾀꼬리 노래한다. "저기 전쟁
터서 객사한 장졸아, 너희 고향 잊었느냐. 너희 아내
너 기다려 창가에서 졸다가도 내 노래에 깨어나 나를
원망하더구나. 꾀로롱 꾀로롱."

유작유소維鵲有巢 유구거지維鳩居之: 까치가 집을 지으니 비둘
기가 와서 사네.『시경』의 한구절 저 비둘기가 조롱한다. "여보
조승상아. 사백 년 한나라는 까치집 아니거든 공연히
뺏으려고 내 재주 따라한들 아무런들 될 것이랴. 꾸
우륵 꾸우륵."

낙하여고목제비落霞與孤鶩齊飛: 지는 노을은 외로운 따오기와 함
께 날고. 당시의 한구절 저 따오기가 조롱한다. "여보 조승상
아, 간신 행세 부끄럽고 황개의 호통 소리 그리도 무
섭더냐. 홍포마저 벗었으니 내 것이라도 빌려 줄까.
따옥따옥."

각향청산문두견却向青山聞杜鵑 저 두견새가 슬피 운다.
"모래밭의 백골아, 원혼아. 비 내리는 깊은 밤에 고국
산천 바라보며 추우추우 우는 소리, 나와 함께 돌아
가지 못하네. 귀촉도歸蜀道 귀촉도."

저 쑥꾹새가 조롱한다. "욕심 많은 조승상아, 많은 봉

록俸祿 좋은 음식 뭐가 그리 부족하여 불의한 짓 하려다 배곯고 목말라 하느냐. 이 산중은 적막하여 먹을 것 없으니 쑥국이나 먹고 가소." 이리 가며 쑥꾹, 저리 가며 쑥꾹.

저 비쭉새가 조롱한다. "통일천하 네게 주랴. 아나 옜다 비쭉. 이교녀를 네게 주랴. 아나 옜다 비쭉. 천자를 옆에 끼고 제후를 호령하는 역적 놈이 너 아니고 그 누구랴. 아나 옜다 비쭉. 국모國母를 독살하고 충신 멸족한 너의 죄를 뉘 모르리. 아나 옜다 비쭉."

저 검정새가 조롱한다. "여보 조승상아. 자네 얼굴 못 보거든 나를 보고 짐작하소. 볼수록 유복하리." 대가리는 까딱까딱, 꽁지는 까불까불, 이리 팔팔, 저리 팔팔. 이리 날고 저리 나는 뭇 새들이 온 가지로 조롱하니, 무안해진 조조는 한마디도 답 못하고 먼산만 바라본다.

3-7.
조조가 장승을 잡아 문초하네

울창한 숲속에 한 장수가 서 있네. 신장은 팔 척이요,
붉은 낮에 긴 수염을 늘어뜨리고 가만히 서 있거늘,
조조가 보고 깜짝 놀라 말 아래로 떨어지니 그 꼴 보
고 정욱이 묻되,

"승상께서 평생 행세에 의뭉함이 하도 많아 웃기도
잘하고 울기도 잘하오. 불시에 좋아하고 불시에 언짢
아하니 가늠할 수 없소이다. 지금 하신 그 재주는 남
속이는 술법이오? 적벽강서 놀라 얻은 지랄병이오?
왜 공연히 앉았다가 솔방울 모양으로 뚝 떨어져 굴러
가오?"

조조가 손을 들어 수풀을 가리키며 허둥지둥 말한다.

"나무 사이로 보이는 게 관공이 아니냐!"

"승상님 혼이 나갔소? 그건 장승이오."

"장승이면 장비하고 일가一家되냐?"

"십리十里 오리五里 표시하자고 나무 깎아 세운 화용도 장승이오."

나무 깎아 만든 장승이라 말 못할 줄 짐작하고 조조가 큰 소리로 호령한다.

"너, 그놈을 잡아와라!"

그래도 군령인지라, 군사들은 추위에 곱은 손을 불며 장승을 빼어다가 가져오니, 조조의 좁은 소견 만만치 않아 적벽·오림·호로곡서 당한 분노와 여럿에게 받은 모욕을 모두 장승에게 풀어, 죄인 심문하듯 묻는구나.

"너의 몸뚱이는 빈산 노목老木으로 네깐 놈은 무슨 벼슬 하였기로 사모紗帽를 쓰고 품대品帶를 띠고 있나. 낯이 저리도 붉었으니 웬 술을 그리 먹고, 눈을 몹시 부릅뜨니 네가 홍문연鴻門宴의 번쾌樊噲냐. 콧마루가 높으니 한나라 고조의 후신後身이냐. 입 있어도 말 못하니 재를 삼킨 예양豫讓이냐. 배에 글자를 썼으니 손빈孫臏이 방연龐涓 잡던 계책이냐. 수염 참 좋으니 염참군髥參軍이 되려느냐. 뻣뻣히 선 채 절도 아니 하니 주아부周亞夫의 군법軍法이냐. 숲속에 우뚝 선 채 승상이 가시는데도 문안조차 아니 하니, 마음을 놀래킨 죄 백만 번 죽어도 아니 애석하다. 숨기려 하지 말고 있는 대로 고하여라."

난리통에 사람과 귀신이 서로 뒤섞이는 판이니 인간 형상인 장승에 어찌 목신木神이 없겠는가. 장승이 저 간악한 조조가 말 못하게 죄목을 줄줄 읊으며 잡죄는구나 아주 엄하게 다잡는구나.

"저의 원통한 사정을 낱낱이 아뢰리라. 천지가 개벽하고 구궁九宮이 생겨난 뒤 삼팔三八에 나무[木] 되니, 천상천하 나무의 영욕榮辱도 모두 다르오. 요지瑤池의 푸른 복숭아[碧桃]는 서왕모西王母의 과실이요, 달 속의 붉은 계수나무는 항아姮娥의 정자亭子로다. 봉래蓬萊의 교리交梨 · 화조火棗: 신선이 먹는 배와 대추는 신선神仙이 사랑하는 바요, 남명南溟의 대춘大椿나무는 천만 년을 장수하오. 역양嶧陽의 오동나무는 순舜임금의 거문고요, 송나라의 살구나무는 공자孔子의 강단講壇이라. 진秦나라의 노송나무는 오대부五大夫로 봉해졌고, 풍패豊沛의 잣나무는 한漢 고조高祖를 뒤덮었지. 탁군涿郡의 뽕나무는 유황숙劉皇叔의 양산陽傘 되니 장하다 장해.

근래의 다른 나무를 보자 치면, 어떤 나무는 팔자 좋아 미앙궁未央宮: 장안성에 있는 한 고조의 궁전의 들보되어 채색된 용무늬를 몸에 감고 높이 누워 백관 조회를 받는구나. 어떤 나무는 팔자 좋아 승상댁의 신주神主 되

어 비단휘장 휘감겨 높은 곳에 들어앉아, 삭망朔望·절
일節日: 명절·제삿날에 금관 쓰고 조복朝服 입은 승상의
절을 받자오니 오죽이나 좋을시고.

이내 팔자 무상하여 무주공산無主空山에 자라서 시비
분별 아니 하고 그저 늙자 했거니와, 무상한 형주荊州
사람 도끼로 꽝꽝 찍네. 가지 베어 불쏘시개로 쓰고,
밑동 캐서 마판하고, 장작나무는 뒷간 가래 삼는다.
가지가지 다한 후에 그중 곧은 도막으로 열두 자를
먹줄 놓아 큰 톱으로 싹뚝 잘라 사포질 고이 하네. 웬
놈의 얼굴이냐, 방울눈 주먹코는 붉게 흙칠 되어 있
고, 써렛니에 개털 수염이라. 뱃바닥에 새기기를, '자
형주관문自荊州官門 남거오십리南踞五十里형주성까지 남쪽으
로 오십 리 장승長丞'이라 하고 큰 길가에 우뚝 세웠으니,
입이 있어 말을 할까, 발이 있어 도망갈까. 부끄럽기
그지없어 일생토록 낯이 붉다. 분한 마음 못 이기어
항상 눈을 부릅뜬다. 비바람에 혼자 서서 오가는 나
그네를 호송한다.

오늘 승상께서 행차하되 문안 아니 하였기로 잡아 오
라, 끌어 오라, 호기를 저리도 피우는구나. 호기는 잠
깐 두었다가 관공關公 만나거든 피우시오. 이런 사정
고할 곳 없사오니 살펴 처리하소서."

조조가 들어보니 대꾸할 말이 없어 문자로 얼버무려,

"물건이 오래 되면 신령이 깃든다 했으니, 너의 말이
교묘하길 죄 꾸미기에 충분하다. 들을 만한 말이 없
으니 문 밖으로 끌어내라."
장승을 끌어 내던지고 천천히 전진한다.

3-8.
승상이 웃으시면 번번이 큰일났소!

조조가 왜가리 웃음 터뜨리니 장수들이 여쭈오되,

"승상이 하하 웃으시면 번번이 큰일났소. 또 이리 웃으시니 이번에는 다 죽겠소. 싸우자니 군사 없고, 도망하자니 길도 없어, 어찌하잔 말씀이오."

조조가 장담 마구 하여,

"생각하니 시시해서 웃음이 버썩 난다. 우리가 이번 길에 패했느냐, 남에게 들어볼 것도 없다. 적벽강의 패배는 오吳에게 당한 일이니, 저의 아비, 저의 형이 창업하여 준 것을 손권이 이어받아 삼세三世 동안 다스렸고, 비록 주유는 나이가 젊으나 인물이 밉지 않고 풍류도 아는 자다. 저들에게 당한 패배이니 오히려 남들에게 비웃음을 아니 받지. 소위 한나라는 그게 다 무어냐. 내가 입을 열면 그것들은 끽 소리도 못

하지. 유황숙은 탁군에서 미투리 삼던 곤궁한 선비요, 제갈량은 남양에서 밭 갈던 농부라. 관운장은 하동의 독장수요, 장비는 탁군의 고기 장수, 괘씸하다! 조자룡은 상산에서 노략질하던 놈, 세상이 그릇되니 주먹만 믿고 저희끼리 모여 아무 인사 하지 않고 저희끼리 의논한다. 사정이 이럴진대 가세家勢는 고사하고, 나이 따져 존대해도 시원찮을 판에, 절하기는 고사하고, 이놈 조조 저놈 조조 어른 함자衒字를 게딱지 떼듯 하는구나. 이런 잡것들을 내가 점잖아서 가만뒀지. 저 버릇 참으로 괘씸하다.”

조조의 헛장담 듣기에도 얄미워서 정욱이 물어본다.

“사람마다 하는 말이 승상님은 간사하여 남의 성씨姓氏 가지고서 행세한다 하더이다. 근본은 하후夏候씨인데 환관宦官놈의 양자로 들어가 위세를 떠느라 조曹씨라 한답디다.”

조조가 유구무언이라, 아무렇지도 않은 듯 슬쩍 덮으며 말한다.

“실없는 놈들이다. 남의 성씨야 어떻든지 제 성이나 잘 쓰라 하게. 이러나 저러나 이렇게 좁은 길목에 장수 하나는 고사하고 군사 열만 두었다면 내 재주와 네 재주가 여우 새끼 같더라도 어떻게 살아날 수 있겠느냐.”

조조가 하하 하고 또 웃는데, 그 웃음소리 채 끊기기도 전에 포 터지는 소리 일어나며, 오백 명 칼 든 군사 철통같이 길 막는다. 거기서 대장 하나 나오는데, 굽이친 눈썹에 봉황 눈을 부릅뜨고, 붉은 얼굴에 삼각수염 늘어뜨렸구나. 녹색 전포 입고 백금투구 쓰고 청룡도 비껴들고 적토마에 높이 앉아 벽력같이 호령하는 소리에 산악이 무너진다.

조조는 넋을 잃고 장졸들은 혼이 빠져 서로 얼굴만 보고 말이 없다. 조조가 떨며 하는 말이,

"이래도 죽을 것이요, 저래도 죽을 것이니 죽기로 싸워 볼까."

장수들이 대답하되,

"사람은 싸운다 하나 말 힘 없어 할 수 없소."

죽기로 싸우겠다는 조조의 장담통이 쏙 빠지더니, 또 다시 이놈이 방정을 떠는구나. 두 발을 동동 구르다가 가슴을 탕탕 두드리며,

"이번엔 정말로 나 죽는구나."

정욱이 여쭈되,

"제가 관공의 성품을 자세히 알지요. 그는 높은 자리에 있으면서 아랫사람에게 정이 깊고, 강자에게 강하나 약자에겐 부드럽소. 은혜와 원한이 분명하고 신의가 밝은데, 하물며 승상에게 예전 은혜 입은 일이 있

사오니, 애절하게 빈다면 죽이지는 않을 테요. 지성으로 비옵소서."

평생 간흉하고 꾀 있는 조조인지라, 제 마음으로 남의 마음을 생각해 보니 옛 은혜야 어떻든지 정욱의 말대로 하면 지금 상황에선 똑 죽이는 수로다. 잔꾀 내어 말한다.

"얘야, 내가 지금 배가 아프구나. 내 투구 네가 쓰고 내 갑옷 네가 입어, 대신 가서 빌어 보아라."

정욱은 모사꾼이라 어찌 자기 꾐수에 넘어가랴. 그는 시치미 떼며 말한다.

"어찌 이런 말을 모르시오. 죽음에 대신이 어디 있소? 애절하게 다 빈 후에 관공이 에라 이놈 간사하다 말하고, 청룡도로 연한 목 꽉 찍으면 제가 어디 가서 조조를 대신했다 말하리오."

'꽉' 소리에 목을 쑥 움츠리며 조조가 탄식한다.

"애고 애야, 내 목이 뚝 떨어진 것 같다. 말이 왜 그리 박정하냐. 기신紀信은 임금 위해 대신 가서 죽었는데, 어찌하여 내 밑에는 대신 보낼 자 없는가."

3-9.
의기 높은 관공이 조조를 놓아주네

『삼국지』 기록을 보건대, 조조가 관공 보고 달려가 빌었으되 비는 본새 아니기로 부득이 이 장면을 사람들의 입맛에 맞게 고쳤노라.

조조는 어찌할 도리 없어 마침내 갑옷 벗어 말에 걸고, 투구 벗어 손에 들고, 관공에게 나아가서 합장하며 애걸한다.

"장군 뵈온 지가 여러 해 되었으니, 기체 평안하오?"

관공은 적토마 위에서 몸 굽히며 대답한다.

"관모關某는 무사하오. 제갈군사 군령 받아 승상 만나려고 이곳에 온 지 오래요."

조조가 울며 빌어,

"조조의 신수身數 불행하여 적벽강에서 패전하고 혈혈단신 도망하여 이곳에 왔사오니, 장군의 장한 의기로 옛날 정을 생각하여 목숨만은 살려 주오."

관공이 대답하되, "하비下邳에서 패배하여 승상에게 갔을 적에 과연 두터운 은혜를 입었기로 안량·문추 목을 베어 포위를 풀게 하여 그것으로 보은했소. 오늘 같은 나라 일에 사사로운 일로 큰일을 그르칠 순 없소이다."

조조가 다시 빌며,

"비나이다, 비나이다. 장군 앞에 비나이다. 장군이 패배하여 소장에게 왔을 적에 청하신 일들 그대로 시행하여 미부인糜夫人·감부인甘夫人 별당別堂에 모셔두고, 천자께 여쭈어서 장군을 뵙게 하고 편장군偏將軍 한수정후漢壽亭候 작록爵祿에 봉하였소. 좋은 비단, 금은 그릇 아끼지 않고 바쳤으며, 삼일마다 작은 잔치, 오일마다 큰 잔치를 베풀어 극진히 대접했고, 미녀 열을 보내어 두 부인 시중들고, 비단갑옷 새로 지어 올렸소. 비단으로 만든 수염싸개 주머니와 장군 타신 적토마를 소장이 선물했소. 황숙의 소식 듣고 하직 없이 가실 때에 몸소 전송 나가 금포錦袍를 드렸소. 다섯 관문 지나면서 여섯 장군 홀로 베고 천 리 길 가실 적에 막은 일이 있소이까? 지극정성 도운 일을 어찌하여 잊으셨소?"

관공이 대답한다.

"하직하러 갔사오만 만나지 않는다는 패를 걸었길래 부득이 떠나왔소. 관모가 받은 선물 모두 봉인하여 두고 왔는데 무슨 말을 그리하오?"

조조가 또 빌며,

"장군님 장한 의기, 『춘추좌씨전』春秋左氏傳의 유공지사庾公之斯·자탁유자子濯孺子도 모르시오. 제포연연綈袍戀戀이라 거친 옷 준 행위에도 인정이 있사오니, 전포戰袍 보시고 범저范雎를 생각하오. 천리마 준 사람을 잊을 수 없다는데 적토마를 보아서라도 제오륜第五倫 생각하오. 소장이 평생 먹은 마음을 장군은 어찌 모르시오? 황건적의 난을 만나 이 몸이 기병起兵하여 역적을 소멸시켜 천하를 평정한 후, 이 몸이 죽거들랑 묘비에 새기기를, '한나라 정서장군征西將軍 조후曹侯의 묘'라, 소장의 소원은 바로 이것뿐인데, 인심이 하도 터무니없어 천자 자리 바란다고 지목을 하더이다. 견마犬馬마냥 천한 나이 53세 되었기로, 이제 산다 한들 몇 해를 더 살 것이오. 풍진風塵에 고생하여 하얗게 털 세웠으니 이내 센 대가리 베어다가 어디다 쓰시려오? 백마 전투에서 죽을 목숨 장군이 살렸으니, 장군이 살린 목숨 도로 가져가시려우. 태산 같은 높은 의기 어이하여 누르려오. 맹호 같은 장한 위엄 어이하여 회를 쳐서 먹으려 하시오. 살려 주오, 살려 주오. 소장 목숨 살려 주오. 함정에 빠진 짐승 길을 열어 살려 주오. 그물에 걸린 새를 끌러 놓아 살려주오. 마음이 일월같이 밝으시면 도원결의 하신 맹세, 천지가 증명하리. 만고천지에 홀로 오고 홀로 가니 초개草芥 같은 이 내 목숨 죽어서 무엇하리. 장군님 가실 적에 남기셨던 편지글에, 보답 못한 은혜는 다음날을 기약한다, 친필로 쓰셨으되 두 말씀을 하시리까. 그 편지 여기 있소. 살려 주오, 살려 주오."

조조가 손을 싹싹 비비며 꾸벅꾸벅 절을 한다. 꼬리 내린 짐승의 모양이요, 죽는 새의 울음이라. 관공은 평생토록 의리를 산과 같이 중하게 여겼기로 차마 죽일 수 없어 말머리를 돌리니, 주창周倉이 옆에 서서 화를 내며 여쭈오되,

"장군님 오실 적에 조조를 못 잡으면 군법을 당하기로 군령장軍令狀을 쓰셨소. 저딴 놈의 사정 보아주면 군령장은 어찌하오. 청룡도를 소인에게 건네 주시오면 간사한 조조 놈 목을 콱 찍어 올리리다."

조조가 깜짝 놀라 목을 쏙 움츠리며,

"여보시오, 주별감周別監님, 어찌 그리 독하시오. 상전의 인심은 하인에게 달렸다오. 아무 말씀 하지 말고 말머리만 돌리시면, 큰 주막 나오거든 좋은 안주와 술을 걸러 양껏 대접하오리다."

얼레설레하는 판에 조조와 장수들이 다 살아 도망간다. 관공의 높은 의기, 천고에 뉘 당하리. 훗날 사람들이 관공의 의리를 송덕頌德하는 글을 짓되, '패주하는 조조군이 화용도 좁은 길에서 관공을 만났으되, 의기 깊은 관공이 옛 은혜 아니 잊어 조조를 놓아주었다' 쓰는구나. 이런 장한 일 사기史記로만 전하면 무식한 사람들 다 알 수 없기로 타령으로 만들어서, 광대와 가객들이 풍류 즐겨 부르나니, 그 늠름한 충의는 만고에 썩지 않을 것이로다.